LIUYANRU
ZHU

遇见，旧时光

刘艳茹

—— 著

当代世界出版社
THE CONTEMPORARY WORLD PRESS

目录

教育随笔

家庭散文

抒情散文

小小说

教育随笔

剪指甲

学校规定，一周查一次个人卫生，重点查的是学生的指甲。学校会把每次检查的结果公布在校门口的小黑板上。

小黑板上的分数可是班主任的命根。所以，每次学校检查前，我都会在班里先检查一遍。不合格的就叫过来，由我一个个给他们剪干净。

可能是学校说得紧，老师查得紧，也可能是孩子们在家里剪指甲，家长是千般小心、万般温柔，所以孩子们比较依赖家长。因此几周过后，我的剪指刀基本上就派不上用场了。说基本上，是因为每次都会有一个小孩儿，而且都是同一个小孩儿不剪指甲。

几周都是他，我有些不耐烦，狠狠批评了他一顿，但批评完我还是要耐心地给他剪好指甲。他的小手被我紧紧攥在手里，手指匀称白净，指甲盖儿上有一层红红的圆晕。只是指甲有点长，有点黑。我剪得很仔细，生怕这样嫩的小手被我剪破了。每剪完一个手指，我就用小锉细致地给他锉一锉，然后轻轻吹去指甲上的粉末，于是指甲上就锉出一个优美的圆弧。那次像往常一样，我小心翼翼地剪着一个又一个手指甲，他的头低垂着，我们两个挨得很近，我好像能听到他的鼻息声。剪完后，我抬起头，发现他的眼睛很亮，神情间有一种满足。我又一次叮嘱他以后要在家里剪指甲，然后就让他走了。

几天后的一节语文课上，我让学生们用"像"造个句子。他举起了手，说："老师给我剪指甲时就像我的妈妈。"我听后很感动。紧接着仿佛是一个跟他很要好的同学站起来说："老师，他跟我说过，他的爸爸要给他剪指甲他就不让剪，他就想让您剪。"我有些不解地望着他，问他是这样吗？他低下头一句话不说。我又问他为什么，过了很久，他才轻轻地说："爸爸的手很硬，不像您的手特软，您剪指甲时就像我的妈妈。""那你为什么不让妈妈剪？""爸爸妈妈离婚了。"

听了他的话后，我沉默了。这时我才真正懂了他为什么在我多次批评下仍然不改，原来他是想要在我身上寻找久已不得的妈妈的感觉。

突然间，我为能给孩子这样的感觉而感到幸福。我想我还要再准备一把梳子、一根针、一团线，我要把一个妈妈应该给予孩子的柔情在今后的日子里源源不断地输送给他。

孩子心中的阳光

一位"差生"的家长送给我一本书——周弘的《赏识教育》。家长说得很委婉，说自己看了很受启发，也希望我看一看，态度诚恳而谦恭。我也同样客气地接受了，但在心里，我把它看成了家长对我的一种委婉批评。

我在心里接受了这种批评。因为在接书的一刹那，我的脑海里闪现的是源源不断的曾经甩给孩子们的批评与呵斥。那天我与这位家长达成了一个协定：一天中尽力发现孩子的闪光点，一天至少表扬孩子一次。

怀着这个念头，我比平时更关注这个孩子。但两节课过后，我实在是没有发现她有什么值得表扬的地方。她上课经常走神，做作业拖拖拉拉，而且错误百出。但囿于与家长的约定，我还是在第三节课快下课时匆匆而敷衍地表扬了她，"梁馨儿今天听讲比以往认真。"我没注意到别的效果，只发现她当时眼睛一亮。

第二天，当我走进教室时，看到梁馨儿胸脯挺得直直的，眼睛睁得大大的，我不由地冲她一笑。这天我打破了与家长的约定，表扬了孩子好几次。"梁馨儿的作业真认真！""梁馨儿这个问题回答得很好。""梁馨儿这个字写得真漂亮！"这天放学时，梁馨儿很乖巧地大声和我说"再见"。

第三天，梁馨儿的家长来到学校，向我叙述了馨儿与他们晚上的一段对话。

"妈妈，今天天气真好！"

"不对，今天阴天。"

"今天天气就是好，今天有阳光。"

"傻孩子，阴天怎么会有阳光呢？"

"老师早上冲我一笑，我就觉得太阳出来了。"

听完后，我沉默了……我开始反思：我曾经确实让"赞赏"与"微笑"这些阳光般的东西远远离开了这个孩子，"呵斥"与"批评"成了我教育她的唯一方式。

批评如坚硬的石头，用石头去碰撞心只能让心受到伤害。而赏识则像一道阳光，让孩子的心会长叶、开花、结繁茂的果实。

分别后的思念

不知道为什么，我总忘不了那个孩子。自她走后，我时时会想起她。想起她的时候，心里会微微颤动一下。

她是在"非典风暴"将要过去时离开的，是去加拿大，不再回来。

那一阵，闹得沸沸扬扬的非典已近尾声，但学校里仍然没有学生。

那天，她的爸爸妈妈带着她来到学校，看见我，说要办一些有关的手续。

她的妈妈有些激动，有想要跟我做最后告别的意思。

她的父亲客气地请我和孩子照一张相，说："毕竟您是孩子的第一位老师。"

梁馨予的小脸也异样地红润，带着笑看着我。

我的情绪却是淡淡的，说不上是为什么，在这具有离别意味的场景里，我像个没有进入角色的演员。

我带着淡淡的笑跟梁馨予照了相，然后又用淡淡的语气告诉她的父亲母亲，到二楼的哪个房间可以找到校长，最后淡淡地与他们分手。

随后，我就去了教室。教室空荡荡的，我在桌子的行间行走，在梁馨予的桌子前站了一会儿，又走向窗前。窗台上摆着学生们的生字词本，没有几页。

我翻出梁馨予的本。我知道，这学期，她的作业很认真。她的本上有好几个优，外加上我夸奖、激励的话。

我想：我应该把这两个本交给她的家长，并告诉他们："梁馨予这学期进步很大。"

我想：我还应该告诉他们，这是梁馨予在国内的最后两本作业，很优秀，值得珍藏起来。在异国的土地上，有一天思念故土，就拿出祖国的文字看看吧！

我想：我最应该告诉他们的是，我喜欢梁馨予，虽然她有时让我头疼，但是，从一年级开始带她们，看着她们一点点长大，她们已形若我的儿女。我应该送给她一句爱的话语，作为四年师生感情的一个总结。

但我终究没去，任由我的感情在教室里澎湃。

那天走出教室的时候，我的感情已经平复。在二楼的拐角处，我远远看到了他们仨正要下楼，我没有赶上前将我爱的语言奉上，只静静地看着他们离去。

留一种遗憾在心里。

从此，她走了。

她走了，我们之间就再也没有过联系。有时没来由地会想起和她一起照的相片，想那张照片她会摆在哪里？她会不会经常地翻看？她翻看的时候会不会想起我？想我，是想我对她的好，还是某些时候对她的呵斥。后来，有过几次，我在上课的时候，想叫的是一个女生，名字却喊成了她，这时学生们就会"哄"的一下笑出声，这个名字一定带起了他们久已忘记的记忆。我呢？沉默一下，摇摇头，继续讲课。

每一个学生，相对于一个老师来说，情感始于教的那天，却不会终结于不教的那天。

不知为什么，我总认为她会在异国的土地上生活得很快乐。我脑海里总有一个镜头：她奔跑着，脸上洋溢着幸福。

我祝福她。

吕贝佳

用包容心去看孩子，每一个孩子都是一朵花。吕贝佳也是一朵花，开在二（1）班的花园里，自有一番独特的美丽。

吕贝佳的美丽在于她的无"心"

第一次见到吕贝佳，她的纤弱、秀美以及灵澈的眼睛让我为之一动，我不禁感叹："好秀气的小女孩。"再后来，她便用她那独特的思想与举止让我在一次次的哑然失笑中领教到了什么叫无可奈何。纪律与规定好像从来没有在我的狂轰滥炸似的宣讲中进入她小小的心灵。当全班所有的小朋友都知道了上课铃响就要在椅子上坐好，而且要把小胸脯挺得直直的时候，吕贝佳同学却经常是在物品柜前不慌不忙地掏摸着什么，对我直视的目光和教室中瞬间而来的沉寂丝毫不为所动。我沉默地盯着她，希望能从她拿完东西回到座位的瞬间看到她知错的神情。但是每一次她都是昂首挺胸，不管不顾地回到位子前，在一阵桌椅的摇晃声中稳稳地坐下来，然后用清澈的大眼睛无邪地看着我。

她的学具很少带齐过，没有什么就会找我来要，每次她都用很大的嗓门儿慢条斯理地告诉我："我没橡皮，我没尺子……"然后就是定定地看着我，等着我从讲台桌那一堆没人要的学具中拿出她需要的东西放到她手上。在对她讲过"100 次""下次要带齐用具"以后，再给她学具时我便省略了这句话。

有一次，我实在看不惯她用粗铅笔写出的字，就替她把铅笔削尖了。尖铅笔写出的字的确好看，我表扬了她。这以后她找我要的学具中就多出了尖铅笔，她会在每一次写作业前跑过来对我说："老师，我没有尖铅笔了……"

在我的急躁没有被她磨平之前，有时我会耐不住性子冲她发火。但当我脸红脖子粗地冲她嚷嚷时，她却用一种惊愕但决不是害怕的神情看着我。她长长的睫毛快速地忽闪着，很天真的样子，反而让我感觉，自己此刻是多么的有失耐心。

我逐渐习惯了她的"不通世故"。我不再冲她发火。更多的时候，我以十倍百倍的耐心给她讲一些生活的常识，我手把手地引领她掌握一些必要的能力，比如怎样把铅笔印痕擦干净、拿铅笔时不用把铅笔盒中所有铅笔都拿出来、捡出一支后再把其他铅笔放进去、把第二天必须要带的东西写在纸上放在铅笔盒里……她也逐渐地学会了很多东西，学会了在我帮助她收拾完书包后跟我说声再见，学会了跟小朋友们借东西时要说声谢谢……

在我平静的注视下，她的美丽便如春花般绽放起来。很多时候她显得很笨拙，但她的聪慧会在某个时候闪现出来，这让我相信她绝对是个聪明的孩子。在班里的女孩儿扎堆儿凑在一起闹着各种各样的小矛盾时，吕贝佳却从不参与。虽然女孩子们不是很愿意带她玩，虽然有的女生有时会欺负她，但她从不放在心上，反而继续与所有人保持着友好，带着她那特有的纯洁、天真的笑。

一天午后的闲暇里,我带着班里的孩子们来到校园的后花园。吕贝佳没能挤进女孩子们快乐的圈子里,我正想干预一下,却见她脸上依然是一派天真的笑,蹦蹦跳跳地走进草坪,在一朵大牡丹花前停下来。她微倾着脸,冲花笑,跟花语,此时我看她真如一朵花样的美丽。

我和你

一年前，我做了你的班主任，那时，我就注意到了你，你是一个帅气的小男孩儿。我是一个目光爱追随美的人——美丽的花、美丽的树、美丽的云，还有美丽的人。你长得真漂亮，漂亮之中还带着一种稚气。你的眼睛，总像有一层朦胧的雾气，像在一潭秋水之上悬浮着似的。而你的鼻子，总让我想起一头美丽小兽的俏鼻子。

那天你刚上完美术课从楼梯上下来，发现你的水彩笔散乱了，你便一屁股坐在一楼的大厅里，把书、本、水彩笔摊在你的周围。你不顾大厅里人来人往，也不顾正在响起的上课铃声，自顾自地整理着你的水彩笔。那时，我觉得你真像一个在玩具堆里玩耍的孩子。

那时，我真的很喜欢你，喜欢你的美丽，喜欢你上数学课时的聪明，喜欢你的孩童气。

后来，我才发现你易怒、暴躁以及你的不讲理，你的胡搅蛮缠。我见过你和语文老师发脾气，见过你和英语老师发脾气，听说过你和校长发脾气，也亲自领教过你和我这个班主任发脾气。你跳着脚嚷嚷、踢门、踹桌椅，大声说着："我知道，你们都认为我不对。"这时，你的面部扭曲，我从你的那张剔透玲珑的脸上再也看不到美了。

你不会和同学们接触，在与同学们的交往中，你很自我。有次，我正在处理你和另一个学生的矛盾，旁边一个孩子走过来，手里拿了一个瓶子，很好心地问你："这是你的吗？"你不但不感谢人家，反而一把抢过瓶子，恶狠狠地说："是我的。"

我在不断地处理你的事情中，感到心力交瘁。你不断地惹事，我不断地处理。在处理中，我越发地觉出你的偏激、思维的古怪。你的事又极不好处理，每一次都显而易见，是你的错误。每一次无论我如何苦口婆心地给你讲道理，你总是在胡搅蛮缠中一次次让我觉得你的不可理喻。作为一个班主任，我的事情已经很多，你让我感到疲倦了，我真的有些不愿意再管你的事情，所以有那么一段时间，对待你的事情，我总是大事化小，小事化了，我已经不愿意和你纠缠了。

那天，因为你连续几天的事情，我将你的母亲请到学校。我原本是要和你的母亲说你在学校的事情的。不知怎么，你和你的母亲就吵了起来。我看到你和你的母亲歇斯底里地嚷着："你们不要再逼我。你们不允许我说话，从来也不听我说话，甚至还撕我的书。告诉你们，我早就忍不下去了，我早就想去死，你们别再逼我了。"你吼着，你泪流满面，你的声音还是一个稚童的声音，但你的话里却混合着一种成年人的负重。我目瞪口呆地看着你，那一刻，我看到了你的压抑。你太需要释放，太需要给自己的心一个出口，而你一定找不到这个出口，所以你在变本加厉地与人的冲突中释放着你自己。我在那一刻，有些理解你了。也是那一刻，我就决定，我要对你好，以后的日子，我一定要对你好一点儿。

　　两天后，我见到了你的父亲。教你一个学期了，这是我第一次见到他。我从你的入学登记表上知道他是一个单位的技术总监，我猜想他很有本事。

　　他并不是我想象的那样老成。他频频地抓头，头低下去，然后抬起来，很烦躁的样子。他说："人活着真烦，没有一天是舒心的。单位也烦，家里也烦。"他还说，"你一直很偏激，他弄不懂你为什么和别的小孩不一样，你为什么不能乖巧一点，让他省心一点。"然后他抓头再抓头。看着眼前这个人——你的父亲，我突然觉得，这也是一个需要关心的人。世界的色彩在他的眼里一定是黯淡的。那么你呢，孩子，怎么能不受他的影响？我突然想起有关你和你父亲的两个传闻：在闷热的剧场里，看演出的小朋友纷纷被父母，被爷爷奶奶、姥姥姥爷带出去买冷饮、冰棍。而你，满头大汗，乖乖地坐在那里，一声不敢吭，旁边坐着你严肃的父亲；你的父亲在单位说一不二，在家里，他也需要建立起那样的秩序，所以你不能反抗，如果反抗就会遭遇到他暴力的对待。当然，以上只是我听到的传闻，我没有兴趣对它去辨别真假。但是作为你的班主任，那一天，我反复地对你的父亲说着："对他好点儿，对他好点儿。"

　　那次以后，我尝试着不再只关注你的暴躁。

　　课间，我叫过你。我用我的手攥住你的手，你的手在我的手里挣扎。我笑着问："你不习惯别人握你的手吗？你想要挣扎出去吗？"你笑着点头，露出好看的牙齿，然后蹦跳着离去。

　　以后，我不断地对你微笑，抚摸你的头，抚摸你的背，甚至轻轻拍打你的小额头。我仍然会攥你的手，你的小手在我的手掌里仍然要挣扎。我笑着看着你，你也笑着扭自己的手，但从你的眼神里，我分明看到了亲近。我想，我要渐渐地让你感受到人和人之间的关系是可以充满爱的，人和人之间可以有一种轻松、融洽、放松的氛围，代替敌对、戒备和冷漠。

那天，我看到了这样的一幕：小杨把记作业的本子借给了你，你抄完后，双手轻轻地将本子放在他的桌子上，然后走到正在讲台前找东西的小杨旁边，手轻轻搭在他的肩膀上，头贴向他的耳朵，轻轻说："我把本子放在你桌子上了，谢谢你！"轻轻地放本，轻轻地说谢谢……你一系列的举动让一旁的我目瞪口呆，紧接着是欣慰。

你有些变了，变得快乐了。几个老师跟我说起你，说你知道别人在跟你开玩笑了，说你能正确地面对老师的批评了，说你不再像以前那样与众人为敌了。

我当然更能感觉到你的变化，感觉咱们之间渐有的一种和谐，感觉到你在我面前越加的调皮。那天大课间，接力跑的时候，你摔倒了，身子一下子蜷缩在塑胶跑道上，我急着跑过去，搂着你。你柔软的小身体在我的怀里一动不动，我急着喊："睁开眼，睁开眼，别吓我。"缓缓地，你睁开了眼，很享受地看了我一眼，很调皮地冲我一笑，然后懒洋洋地站了起来。

我让你为班里换水，我教你怎样把抹布一块一块叠整齐，放在暖气片上。这是你以前从没做过的事情。现在，我一定要让你做。我让全班同学看你刷得很干净的水桶，看你叠得很整齐的抹布……我要让你从他们惊讶的赞叹中感受荣光，从他们的目光中感受被认可。我要让你学会作为集体的一员，你一定要为集体承担些什么。

那天，我身体极度不适，再加上心里有些抑郁，终于不能忍受，在你们面前很失体统地痛哭失声。事后很多孩子懂事地过来问候我，但我没有看见你。第二天，我把你叫过来，我说："昨天，你看到老师难受，你为什么没有过来安慰我？你想过要过来安慰我吗？"你快速地点点头，目光中透着急切。我说："那么，以后再有你关心的人不舒服，记住，把你的安慰送过去，我想那正是他需要的，好吗？"你懂事地点点头。看着你转身离去的背影，我竟然有泪充盈了我的眼眶。是的，孩子，我相信，我可以在你的心里植下爱的种子，植下宽容的种子，植下人和人之间相濡以沫的种子。我相信那些种子最终会慢慢地开出花，五彩缤纷，在你的心里绚烂着。

当然，你有时候还会暴躁，还会发怒。但当你要发怒的时候，我会深深地看你一眼，我能感到那一刻你的迟疑、停顿和犹豫。我跟你讲道理的时候，你也不像以前那样难以沟通了。

五月的那几天，你很忙碌，很兴奋。手里拿着红色的请柬，一张张发。你拿着一张最大的给了我，邀请我周末参加你的生日聚会。我知道，这是你第一次准备邀请同学参加你的生日聚会。我曾经看你很冷漠地看着其他小朋友派发他们的生日请柬，很冷漠地听其他小朋友兴高采烈地叙说他们生日的热闹。现在，你终于也建立起了人和人交往的意识。我为你高兴，我给你买了礼物，用最真挚的语言祝福你又长大了一岁。

六月，紫薇在校园里开得如火如荼。我带着你们复习，有时间也在紫薇的花丛下玩耍。看着你已经融进了其他的小朋友中，和他们一样快乐，一样受了委屈会哭哭啼啼地来找我，有了事不再用拳头说话。

七月的那天，我目送你们一个一个离开学校，开始享受你们的暑假。

暑假归来，我将不再是你的班主任，我只当了你一年的班主任，以后你的事将不再由我负责。归来的时候，我只希望你还是个稚童，心底是无边无际的一片纯净。

一个母亲的远见

　　一个已毕业的学生跟我说:"小学阶段,我第一次报的奥数班是学校组织的,那一年的期末测试,我得了100分。妈妈说:'看来,我要给你换地方了。'第二学期,我换到了区里办的一个奥数班。参加这个班的都是区里各学校的尖子生,老师讲的知识就更深一些,更超前一些,我用了比以前多一倍的精力学习。下个学期,我又得了100分。妈妈说:'我又要给你换地方了。'妈妈经过多方打听,瞄准了市里最有名的一所中学,这所中学常年开设小学奥数班,从四年级到六年级都有,目的就是给学校提前选拔人才。再一个学期,我就进了那个奥数班。这个班里,可以说是精英荟萃,参加的学生都是各区的尖子生。刚开始,我很不起眼,比之其他同学,见识的题型少不说,解题思路也不宽泛,上课经常跟不上老师的思路。前几次测试,我的成绩几乎都是垫底的。为了跟上其他同学,我只能倾尽全力,真是经过了一番拼搏,其间的辛苦,只有我自己知道。最后,我终于拼到了前几名。在一次期末测试中,我又得到了久违的100分,在这个奥数班里能得到100分真的很少见。妈妈这次说:'现在,我已经没有地方给你换了。但是我要告诉你,人外有人,天外有天,人永远都不要让自己停留在一种满足中,你后面还应该给自己定个目标。'我说：'我将把 100 分保持到这个班六年级结束。'"

这个学生最后考到了北京市一所非常有名的重点中学，像闯出的一匹黑马，他的数学成绩令那所中学的校长很吃惊。那个校长说："没有想到石景山一所小学校里，会出这样一个学生。"

我却觉得，这一切都是顺理成章的。我想：成绩的取得应该归功于他的母亲，归功于他母亲的教育远见。

试想，如果当初他的母亲安于现状，没有一次又一次地给他换班，没有将他一次又一次置于更有挑战性的环境，他一定还停留在自己的第一个 100 分里沾沾自喜，他的水平和见识一定还停留在第一个奥数班的层面上。他不可能有后来学习上的一次又一次飞跃，他的潜能也不会一次又一次地得到提升。

正像他母亲说的："人永远不要让自己停留在一种满足中。"

这个母亲的教育远见让我佩服！

想念一朵小菊花

学校新添了许多绘本，放在二楼、三楼的阅读角，方便学生随时阅读。

我教一年级新生。一年级新生的教室一不留神就会成为叽叽喳喳的小鸟屋。"小鸟们"叽叽喳喳，声音由低到高，直到教室里谁也听不到谁的声音，非老师的一声断喝不能平息。

我教孩子们数学。偶尔教学任务会提前完成，我就早有准备地拿出一本挑好的绘本，读给他们听，目的就是想让一些爱鼓噪的"小鸟们"没有张嘴的机会。

《安的种子》《阿秋和阿狐》《雪人》……故事不长，也很简单，但孩子们听得很认真。他们用双肘支在课桌上，下巴抵住小手，抬着头看着我，眼睛睁得圆圆的，感觉都不舍得眨巴一下。阳光从大玻璃窗上射进来，窗台上的绿植在阳光下斑驳而富有生机，教室里安静得只能听到我的声音。我很享受这个时刻，尽量让我的声音更圆润，语气更生动。

每一个故事讲完后，孩子们都爱聚在我身边，意犹未尽地聊上几句。感觉他们的思维与绘本的境界很契合，一只布艺的小狐狸跟着小主人历尽艰辛，也不会让他们惊奇。在他们的世界里，布艺的小狐狸一样会呼吸、会玩耍、会成为朋友、会为朋友两肋插刀。

六月，田野上开满小野菊的时候，我给孩子们讲了《想念一朵小菊花》。绘本的画面很唯美：蓝色的小河、绿色的草地、缤纷的小野花，还有长着一双大眼睛与圆脸的小菊花。我将绘本放在实物投影仪上，配着唯美的画页，给他们讲一朵小菊花的故事。那天的教室格外安静，孩子们跟着一个小水滴，从云变成雨，然后遇到了一朵小菊花。孩子们跟小雨滴一样喜欢小菊花，但相聚是短暂的，小水滴又流到了小河里、大海里。行走中的小雨滴，一直在寻找着它喜欢的小菊花。最后太阳公公帮助了它，它重新变成了云。

一下课，孩子们照样聚在我身边，一朵小菊花成了那天我和孩子们唯一的话题。

而小菊花的延伸版出现在几天后。在班级的微信圈里，一个妈妈说："那天，我沏了一杯菊花水。晚上，我随手把喝了一天的菊花水倒进马桶里，并按下了按钮。没想，站在一旁的宝宝突然哭了，哭声很大。我忙问他怎么了？宝宝说：'下水道里太黑了，小菊花该多寂寞啊！'"

我于忍俊不禁后，剩下的是深深的触动和感动。头脑中珍存的画面联袂而至，每一幅画面里都有纯净的童言稚语在熠熠闪光。

圣诞节的前一天，学校搞了点灯仪式。夜幕降临，当彩灯如梦如幻地把校园装点得流光溢彩时，我们带着孩子在梦幻而斑斓的色彩中徜徉。队首的一个小姑娘，扎着羊角辫，有着梦幻般的大眼睛，她突然歪着头，很认真地看着我说："老师，我觉得圣诞老人今晚不会到我们家去。"我忙问："为什么？"小姑娘说："因为我们家没有烟囱。"

　　一个美好的童话故事总会在成长的某一个瞬间破裂，这是谁也阻挡不了的事实。我只希望，这种破裂可以来得晚一些，再晚一些。

英语老师的"成长树"

苏珊老师是个年轻的小姑娘，教英语，孩子们都喜欢她的课。上课的时候，我偶尔从教室门口走过，会觉得有一种热情奔放的气氛流淌在整间教室里。

我的课一般接在她的后面。课间十分钟，她走，我进。每次当我下意识地看黑板时，黑板的一角果不其然又有一棵新长出的"树"。这棵树很像随风舞动着的柳枝，5根枝条，每根枝条的下面按顺序写着1、2、3、4、5。我猜，这5个数字代表着5个组。枝条从下面长起，一个向上的箭头，再一个向上的箭头，恰似柳枝节节而生，以弯曲自然的姿态生长，生长，最后齐聚到黑板的右上角：一个苹果或一个五星的下面。

这棵长在黑板上的"树"姿态很美，绿色的枝条画在黑色的黑板上也很醒目，每次我都愿意多看几眼。我猜想这是英语老师的一种激励手段。

为了证实这一点，那天我问一个学生。我指着一个向上的箭头问："怎样才能得一个？"学生说："这不一定。今天小鑫会背了一个单词，苏珊老师说他成长了，就让他长高了一截儿。"

会背一个单词就叫一次成长吗？

我感觉自己的心被触碰了一下。

不久后的一天，我赶巧听到了苏珊老师对学生说的一段话。苏珊老师说："成长就是从不会到会，记住一个单词是一次成长，会读一个句子是一次成长，会一次对话是一次成长，你们每天都在成长。这棵树就是你们的'成长树'，你们的'成长树'每天都会抽出新的叶子。"

苏珊老师的话充满激情。苏珊老师的话值得细细揣摩。

这段话不由让我反思，在我的教学中，我将肯定和夸奖的标准定得很高。就像在孩子面前悬挂着一个够着费劲的"苹果"，孩子们一次又一次蹦，渴望触摸到"苹果"。有的孩子，在一次一次与"苹果"失之交臂后，累了。

我有过一次种植花木的经历。种子埋进泥土后，我开始怀揣一颗渴盼的心。每一次小小的变化，我都看成是它的一次成长。种子的一次萌动是成长，嫩芽初绽是成长，抽茎长叶是成长，花苞吐蕊是成长，一片花瓣的展开是成长，盛期的全然开放是成长……

其实人的成长不就等同于一棵树吗？出生是一次成长。会爬了，会站了，会走了，会叫爸爸妈妈了，会说出一个句子了，都是成长。上学了，会写一个字是成长，会一个单词是成长，会一道计算题是成长……任何一次的由不会到会都是成长，是细微不易察觉的成长，是循序渐进的成长。如果这样理解，我是不是应该为孩子的每一次成长鼓掌、欢呼呢？

我在英语老师的"成长树"前驻足、思考。

英语老师的"成长树"，真的很美！

英语老师对成长的理解，更美！

足球场的诱惑

记得有这样一句话：足球场，是和平时期最能彰显男儿血性的一块战场。

闫小小的头发是金黄的，皮肤白皙，眼睛很大。新生入学时，闫小小站在一群小雀儿般叽叽喳喳的孩子中，帅气得惹眼。

闫小小开学后的表现让人大跌眼镜，他适应小学生的节奏比别人都慢了半拍。开学很久了，他还是一幅懵懵懂懂的样子。他意识不到上课他应该听讲，也意识不到作业应该完成。翻开闫小小的作业本，通篇是完成一半的题，再细看，往往是剩下的一半他不会做，完成的一半错误百出。每天放学时，看着他将所有的书摊在地上，手忙脚乱地也整不好自己的书包。我站在他面前，直觉地认定他在家里一定备受呵护，经验告诉我，这是一朵温室里的花。

闫小小成了一个拖后腿的小孩儿。

五月，学校要成立小足球队，入选的小队员里，竟然有闫小小的名字。

小足球队的训练时间定在放学后。傍晚的校园，如浪潮退去后的沙滩，有一种难得的静谧。十几个年龄不同的男孩子活跃在操场上，畅快得仿佛小鱼入水。我站在操场一侧，静静地看，疑问充斥在心头，我想解开。操场上，两列足球等距离排成两条线，横贯操场南北，穿着米黄色运动衣的男孩子们，脚下踢着球，在球中间做蛇形跑，这应该是基本训练了。大多数孩子的动作都很稚气，球在脚下并不听话：球绊了脚、球自顾自地跑开、球和另一个球相撞……闫小小却踢得一板一眼，球仿佛粘在他的脚上，动作之纯熟甚至超过了高年级的学生。此时，风吹起他额前的金发，他的脸上洋溢着自信，与教室里课堂上的闫小小判若两人。我突然有些感悟，每一个孩子身上，一定有着不同的潜质，等着我们发掘，或者让他飞扬。

　　第二天送孩子时，闫小小的爸爸告诉我，闫小小从小由爷爷奶奶带大，老人舍不得让闫小小受一点累，凡事习惯包办代替。看着文弱得跟一只小绵羊般的闫小小，搞体育的爸爸开始带着闫小小练足球。好在足球场上的闫小小，一点不怕累和苦。

　　后面的一件事，印证了闫小小爸爸的话。那是六月末的一个傍晚，训练场上出现了骚动，闫小小的爷爷扒开值班领导，气愤地冲到操场上，指着教练的鼻子说："这么热的天，你们还让孩子训练，这是摧残孩子。"说完，要拉闫小小走，闫小小却死活坚守在训练的队伍中，白皙的脸红红的，一直到训练结束。

　　我仿佛看到了教育的契机。

　　小足球队每晚都练习。这天，闫小小背着拉不上口的书包就要往外走，没有完全装进书包的书本参差不齐地裸露在外面。他走过来说："老师，我去训练了。"我说："不行，把你今天的作业完成再走。"他的样子像哭一样难看。但他还是很乖地磨磨蹭蹭地从书包里拿出作业本子。从教室的大玻璃窗可以看到操场上训练的学生，我眼前的闫小小坐立不宁，我假装没有看见，坚持让他补完了当天的作业。

这以后，我就用没有完成任务不能训练为借口，督促他学会自己整理书包，学着抓紧时间写作业，学着认真听讲。这一招对他很适用，能看出为了放学后能按时训练，他的动作快多了。这个学年的期末，闫小小的各个方面已经跟上了其他的学生的脚步。

暑假里，闫小小的爸爸对闫小小进行了魔鬼般的训练。开学后，他指着腿上的一块伤疤告诉我训练中发生的一些趣事。

闫小小真正成为学校的明星式人物，是二年级下半学期的事情。学校的小足球队参加区里的比赛，他是校队的队员，在冠亚军争夺赛上，一人进了三球。校长在教师会上让我们观赏那场决胜赛的视频。足球场上的闫小小，仿佛一匹没有被驯化的小马驹，他灵活地晃过一个又一个队员，带球去到门前，抬脚临门一射，球进了。闫小小雀跃欢呼，风吹动起他的金发，此时的闫小小，真是帅极了！

父母之爱子

学校要开运动会。

一年级的小豆包们也要精彩亮相，筹划了很久，练习了很久，终于到了开运动会的日子。早晨的教室，小豆包们像叽叽喳喳的小鸡，这个纱裙不会穿，那个小动物的帽子不会系，蹦蹦跳跳地围着我们转，我们三个老师像手忙脚乱的老母鸡。突然，一阵哭声将教室里的欢声笑语撞击得七零八碎，扮演大象的男孩儿被爸爸抱进了教室，哭声搅扰得大家没了情绪。男孩儿的爸爸走了后，我们三个老师，开始对男孩儿轮番劝慰，时而好话，时而严厉，什么方法都试过了，可他仍然坐在地上哭声不止。没办法，我们只得再与他的爸爸取得联系。没想，他的爸爸来了后，二话没说，一把抱起地上的男孩儿，紧搂着说："宝贝今天受委屈了，宝贝今天受委屈了。"

眼前的一幕让我心里五味杂陈，他的父亲没有为孩子耽误了集体的活动道歉，没有对孩子如此自我的行为进行苛责，反而是怜惜地说他受委屈了。而这一切的缘由无非是孩子想让妈妈接他放学，而他妈妈因为工作接不了。

我很想问问这位爸爸：这样的孩子让我们以后怎样教育？

曾听过这样一件事：一家人春节去串门，孩子趁主人不注意，往钢琴上泼水，主人刚要责难，孩子的父母马上为之辩解："他还小，不懂事。他也是出于好心，想为你洗琴。"碍着关系，主人没再说些什么。不久，在一家琴行里，孩子再次效仿上次，往一架钢琴上泼可乐，不想，这架钢琴价值 66 万元，孩子父母面临 66 万元的巨额赔偿。

也许，这 66 万元的巨额赔偿才可以触动孩子的父母！

宠溺孩子的父母，忘了孩子最终要成为一个社会人，要受到社会规则的制约。从小了说，孩子走进学校要遵守校规，再大点，孩子走进单位要遵守单位的制度。一味地宠溺，孩子长大后能自觉地用规章制度制约自己吗？不能制约自己，肆意妄为而酿成大祸，这样的例子俯拾皆是，难道还不能让家长警醒吗?

《战国策》中《触龙说赵太后》中有一句话："父母之爱子，则为之计深远。"触龙所谓的爱子，才是真正的爱子，它显示着父母的睿智与目光的深远。

一名生长在中国的犹太人后裔，离婚后独自带着三个孩子从上海移居以色列。她每天送孩子们去学校，自己做一些春卷来卖。孩子们放学后，她一个人忙着做饭，孩子们在一旁玩耍，等着妈妈把烧好的饭菜端上桌。终于有一位邻居大婶看不惯了，她走过来拉着大儿子的手说："你已经是大孩子了，应该学会帮你的母亲，而不是看着你母亲忙碌，自己就像废物一样。"然后，又不满地指责母亲："别以为生了孩子你就是母亲，自己想怎么溺爱就怎么溺爱……"这位母亲接受了邻居大婶的忠告。从那以后，她开始培养孩子的生存技能，以有偿的方式让孩子们帮忙卖春卷，孩子们从这个过程中学会了跟陌生人打交道。而后，她又制作了一张值日表，规定谁哪天洗衣服、做饭、打扫房间……多年坚持不懈之后，她成功了，两个儿子都在三十岁以前拥有了亿万资产，成了成功的钻石经营商。

邻居大婶的忠告，无疑如一声棒喝。犹太人后裔能幡然领悟，亦是懂得了"父母之爱子，则为之计深远"的道理。

希望今日我们的父母，也能懂得这个道理。

我是你一年级的班主任

——写于做班主任第 30 天

九月，我做了 31 个一年级小朋友的班主任。

我穿着一双早已准备好的休闲无跟鞋在教室和办公室之间忙碌，琐事占据的时间，远远大于我的想象，一件又一件事接踵而来，疲惫开始如影随形。我担心我会垮下去，所以，一天中仅有的休息时间——中午，我留给了自己，去补充体力和恢复体力。

我累积了很多的情绪，在短短一个月的时间里，那些情绪就在我心中翻涌，我需要说，需要想，需要反思，需要总结。

※　※　※

我没想到，我需要教会他们那么多东西。

从早晨一进校门，到晚上离开学校，校规、良好习惯……都需要我一点一点地教会他们。

这些东西，不同于我以往要教的知识。知识是系统而连贯的，知识在我以往的课堂上呈现出一种沉静而美好的状态。很多时候，我享受我的课堂，享受着我准备好的那些严谨而带有逻辑性的语言。

但常规的培养是琐碎的，是紧密衔接的，是中间不能断裂的。一处的断裂，就是无序，就是吵闹，就是与学校的整个氛围相背离。我清楚这一点，所以我时刻告诫自己，这个阶段，就是这个阶段，常规的培养将高于知识的传授。

这个阶段，我要准备让自己沉入琐碎，让自己不慌、不乱、不烦躁。

我教他们一进校门，要问老师好。

我教他们早晨进入教室后要做什么：要把三个文件袋横着放进位斗，笔袋放在文件袋的旁边，书包贴着物品柜的右边竖放。

我教他们怎样吃饭，怎样磕鸡蛋，怎样端着汤不让汤洒了；吃饭时从哪门进，从哪门出；吃完饭后怎样擦桌子，怎样套桌套，怎样把盘码好放在箱子里。

我教他们上课时怎样坐，怎样站，怎样回答问题，什么样的书写方式最正确，课本笔袋怎样码在桌子上。

我教他们下课应该做什么，提醒他们去喝水，去上厕所，在教室里不能追跑打闹，不能大声喧哗。

我教他们出去怎样站队，还跟着体育老师一起教他们做操。

我教他们怎样叠桌套，叠不穿的衣服，怎样收跳绳。

……

这是一个逐步渐进的过程，从一点不会，到会一点，到半会，到全会。从没意识，到有点意识，到有了自主的意识。这同时也是个反复的过程，有一天他们的表现可能令你惊喜，让你感觉是看到了黎明前的曙光，但后一天，他们好像又倒退到了过去。

所以，这个过程需要耐心。

※　※　※

我辛苦着，充实着，却痛着。

我的心里像堵着一块棉絮样的东西，我产生了一个疑问，对我们正在做着的事情。我希望能找一个人问一问，然后得到答案。

我是这样一个人，经常会对自己所做的事情产生怀疑，这直接导致了我做任何事都不是那么理直气壮，不是那么持续有致。

而我现在想问的问题是：这一系列的常规培养，与一个六七岁的孩子的天性是否相悖？

这个问题就纠结在我的心里，它让我在训练的过程当中，时而坚定不移，时而犹疑不绝。

我尽可能尝试着采用表扬与激励的方法。我在每个孩子的小柜子上贴了一棵苹果树，然后我奖励孩子们苹果贴纸。那些苹果鲜艳而圆润，它们贴在绿色的苹果树上，醒目而有美感。我说："我希望你们的苹果树上挂满鲜红的果子。"

我每天在黑板的一角画一幅"6×6"的表格，每一个孩子都对应一个小格。我在里面画红色的勾、红色的星星，或红色的苹果。我要在上课时不时地说这样的话："你们看二组第二个，坐得真好！"然后我及时地在那个格里画一个红色的勾，并夸张地说："加一分！"然后我会看到已坐得不成样子的孩子，马上能齐刷刷坐好。孩子就是孩子，从很多地方你都能看到他们的天真、纯洁、可爱。

但我仍免不了要呵斥、要罚站。面对一些我用了无数方法都改变不了的行为，我的耐心也有磨蚀尽的时候。

※　※　※

我还是看到了倦怠，看到了不属于六七岁孩子脸上的漠然。他们是累了吗？他们还是不喜欢？他们的心里在想什么？我无助地看着这些孩子稚嫩的面容，为自己无法深入他们的内心而羞愧。

我原本只是个数学老师，很多东西我可以不考虑，比如孩子课堂以外的情绪，比如孩子课堂以外的琐碎事情。

但我现在是个班主任。一个班主任，更多的时候在校园里扮演的是一个母亲的角色，那是一个令人敬佩的角色。一个能把不是自己的孩子当成自己孩子的人都值得人们敬佩。而当一个母亲看到自己的孩子有了情绪上的低落时，我想她不会不停下来，停下来想一想。

所以，我要求自己停下来，停下来想一想：我怎么能让这些孩子真正地融入学校，真正地融入课堂，有真正发自内心的笑容呢？

※　※　※

我在找关于儿童的游戏，上网找，从书本上找。我找到了节奏操、互动操。

我看到了一句话：节奏是美妙的，也是孩子们最为敏感的。

我想为了孩子也要激扬起来，然而我的性格中更多的成分是淡然，我不具备幽默的性格，也没有过多的亲和力。很长的一段时间里，我教孩子们的时候，对每一个学生客客气气，尊重他们，爱他们，但我表现得跟他们很疏离。我讲完课就会离开，我习惯把感情更多地深埋在心里。

但是一年级需要外露的东西。他们需要惊讶，需要夸张，需要丰富的表情，需要活跃的动作。

于是，我找到了青蛙叫、知了叫、鞭炮声、闹钟声等等声音。资料中告诉我，这些现实生活中的叫声有节奏，它们是那么生动，配上手脚的动作，很适合孩子们。

我在无人的地方，生涩地发出各种声音：青蛙叫、知了叫、鞭炮声、闹钟声……我同时手忙脚乱地配合着做动作，没人看到我的笨拙，我天性中的羞涩也不可能让人看到我的笨拙。我希望我在无人的地方可以将这些生动的东西演练得纯熟，那样我就可以带着我的孩子们做这些动作，看他们生动的微笑，看他们意趣盎然地投入。

我还找到了一些手指的动作，一些手脚身体配合的动作，加上一些朗朗上口的儿歌。我认真地抄下来，背下来。年龄真的成了记忆的克星，我反复地记，也无法让它纯熟地成为自己脱口而出的东西。

我找到了小兔开门的游戏。这个游戏可以用来复习语文中的拼音和生字。

我找到了小青蛙敲门的游戏。这个游戏可以复习语文，也可以复习数学。

我被那些生动的游戏吸引。这么多年来，我从没有在这方面下过功夫。在我的眼中，我只强调课程的逻辑性、层次性、密度。那些课像极了我的本色：一本正经、不苟言笑。

我庆幸我已经到了可以反思的年龄，我的年龄让我可以更多地将目光关注到一些更稚嫩的东西，更需要呵护的地方。也可以说是温情，是人性。

※　※　※

"我已经准备好屁股了。"

这是一个父亲跟我转述他的孩子的话。

"还有几天就要上学了？"

这是一个母亲告诉我她的孩子上学前的焦虑。

……

上学，对一个孩子来说，到底意味着什么？是洪水猛兽？还是世外桃源？

这个问题，我好像还没有深入想过。

而这个问题，绝对是我不能忽视的问题。

我至今记得有一首上学歌——"太阳当空照，花儿对我笑，小鸟说早早早，你为什么背上小书包？我去上学校，天天不迟到……"这是我小时候经常唱的一首歌，歌声里一派阳光明媚，鸟语花香，让人觉得上学是一件多么快乐的事情。

但这是不是只是成人的一厢情愿？

所以我要问自己，我是不是应该让自己站在六七岁的他们的角度想问题？

我开始回忆上小学时的一些事情，我们手拉着手走进故宫，我看到半堵红墙，看到脚下的台阶，看到地砖的缝隙中滋生出的野草。故宫没有给我留下什么感觉，故宫在很长时间里留给我的，是构不成细节的印象。

一个成人的伟大，在于他是不是可以蹲下来，让自己和孩子拥有同样的视觉高度。而一个老师的伟大，在于他是不是可以无数次地将自己换位成一个孩子。

我不可能成为一个伟大的老师，但我至少可以成为一个好老师。

我要学会用孩子们的目光，一段一段丈量家到学校的距离，我要学会用孩子们的目光，一段一段丈量幼儿园到学校的距离。有一天，我要站在教室的门口，闭上眼，细细想一想一个孩子面对教室的真正感觉。

※　※　※

他们就像一张张白纸，有不同的质地。那些质地来自于不同的家庭，不同的教育，不同的父母。

一个男孩儿，在开学不到两天的时间里，就坚定不移地展示出了我行我素的姿态。他对所有科目老师提出的要求统一采取了漠视和抵抗，他让所有的老师对他怒目而视。

两天后，他的母亲给我打来了电话。她的母亲说了一段话："我的儿子很聪明，他有很强的个性，我们在家里一直以表扬的方式对待他，请老师也多多表扬他。"我拿着电话无语。

我跟另一个男孩儿的母亲谈男孩儿拖拉的问题，男孩儿的拖拉已经让他跟不上课堂的进度。在我叙述男孩表现的过程中，男孩儿的母亲自始至终没有和我做目光的交流，她一直盯着她的孩子，将我视为空气。当"空气"的话告了一个段落后，母亲很慈爱地望着男孩儿："宝宝，是这样吗？"孩子晃悠着母亲的胳膊大声说："妈妈，我不是跟你们说过吗，你们越催我，我越不做。"说着，孩子的眼睛斜了我一下，目光中满是有恃无恐。

班里还有一个男孩儿爱说豪言壮语。开学第一天，小朋友们排队去上操，看他站得直，我要奖他一个小贴画。在我表扬他的时候，他一拍胸脯，说："不，我做得还不够。"那一刻的豪言壮语，把我惊倒。然而，豪言壮语毕竟掩饰不住行动的苍白。接下来的日子，他让我见识到了什么叫糟糕。他随口在教室的地上吐痰，他的座位四周摊满了东西。语文课时他不带语文书，数学课时他不带数学书，他的数字和拼音字母是最乱的。每天放学站队的时候，所有的小朋友都站好队了，我们要等着他在教室里把他头号水壶里的水喝干净，用他的话说：不喝干净他妈会打他。我终于在一次放学的时候见到了他的妈妈：一个穿紧身裙、梳披肩长发、皮肤粗糙的中年女人，据说她是个文字工作者。在听说她的儿子又有一本练习本找不到的时候，她狂态大发，极尽嗓门大声呵斥后，一把将孩子推进校门，冲着值班的领导和老师说："今天找不到这个练习本，这孩子我不管了。"然后扭头就走，剩下我们面面相觑。

……

孩子的身上有父母的影子，在当了班主任后，我对这句话认识得越加深刻。

一个老师，要采取何种方式，将家庭中的一些不良影响消除掉，也是个很大的问题。

※　※　※

细节是美好的。

教育上最不能忽视的是细节。然而有一天，我发现我的常规教育常常流于粗疏，带着蜻蜓点水般的轻飘。

我对孩子的教育更多的来自于口头："下节课的东西准备好了吗？""小朋友们课间喝水了吗？""桌套要叠好再去拿饭！"……我的话在一片乱糟糟的氛围中重复，那些拥有良好习惯的同学常常让我赏心悦目，他们早早地把下节课的用具准备好，然后喝水，上厕所。他们有条不紊，他们的脸上是一种沉静而美好的表情。然而，我把更多无奈的目光给了另外一些孩子，我声嘶力竭地要求，换来的是他们的无视。

要求，检查，经常随着下一个环节的开始而被终止。没有准备好学习用具的小朋友，课桌上一片乱糟糟，随着铃声的响起，他照样坐下来，我要退出教室，将课堂让给这节课的老师。

没有惩罚的要求就是走形式，这个细节被我忽略了。

我想起了我的数学要求，一板一眼，从容不迫。我要求他们书写工整，我对书写工整有着类似洁癖般的要求。写不好，重新写，一次不行，再来一次。画线不用尺子，重新画，一次不行，再来一次。我的要求不容置疑。我教他们怎样规范地书写基础字和基础符号，教他们怎样将规范贯穿在整个答题过程中。多年的教学经验让我知道，良好书写习惯的养成是个过程，这个过程从来都不是一蹴而就的，对这个过程要充满耐心和坚持。因此，我允许学生出现反复，但我坚守我的标准，在反复中坚守我的标准，在反复中确定我的标准。

我写下了一段话：

一种行为习惯的养成，很大程度上在于老师对一种标准的坚守。一种行为习惯的养成，与其说是对学生行为持续性的考验，不如说是对教师要求持续性的考验。所以，我们可以说，老师是学生良好行为习惯的缔造者。

我喜欢我的这段话。

应该让一种好习惯留下痕迹，让清晰代替模糊。

※　※　※

因此，我开始了一日常规的检查和评比。这是我考虑了几天的结果，并进行了详细地筹划。这一次，我要将每一处细节落到实处，就像我培养孩子们书写一样。

每天我都在黑板的一角写下这一天的课程表。孩子们全部到齐后，我带着他们对着黑板上的课表一个时间段一个时间段地梳理。我指着一个"课间十分钟"说："孩子们，这个时间段我们要做什么？"孩子们张着小嘴，齐刷刷地回答："准备语文用具、喝水、上厕所。"那是我常说的一句话，孩子们无比熟悉，语言往往比行动来得简单，现在我要做的是帮助他们将这些语言落到实处。

我的评比表早已贴在了教室的板报栏里。那是我自己设计的，表头上贴着可爱的卡通米老鼠，下面是一列一列的表格。每一个孩子都对应着一行表格，每天都可以得到一面红旗，当然前提是这一天要保证每一个时间段都是按要求做的。

一个星期后，我对红旗遥遥领先者给予了物质的奖励和表扬，对红旗始终落后的学生进行了单独辅导。

我欣喜地看到教室里多了有序和安静。

教育是宏大的，然而教育不是高谈阔论。

我找到了我的价值，一种琐碎的价值，琐碎的意义。

※　※　※

那个老花匠一直在花坛中忙碌。我已经关注了他好几天。

学校的花坛，去年刚刚修过，里面种着一些月季，枝低矮，叶纤细，花伶仃，色单一。我一点也不喜欢，然而老花匠却喜欢。我喜欢有着硕大花盘的月季，喜欢色彩艳丽、缠在白色雕花的铁栏杆上、朵朵都有牡丹开花时的霸气和妖娆的月季。

老花匠春天修枝，夏天浇水，秋天遮阴，冬天埋土。此时，我看到他用粗大的手指轻轻托起月季瘦小羸弱的花盘，他脸上的笑好似能把坚冰化开。

我突然想起班里的学生：有不太聪明的，有爱耍赖的，有动作慢的，也有不遵守纪律的……他们让我倍感头疼，他们使我一年级班主任的教育过程充满了曲折，不顺畅。我曾经不喜欢他们。然而这一刻，我突然意识到，我应该像老花匠学习，像老花匠对待瘦弱的月季一样给每一个学生修枝剪叶。老师原本有园丁的美誉，我应该让这个称呼恰如其分。

一朵花由弱小到茁壮，一个儿童由懵懂到青葱到挺拔，始终陪伴其的，才是成长的真正守望者！

※　※　※

我开始学着用乐观的语言评价我的学生。

"这位小朋友经过认真思考，已经回答出正确答案的一部分了。再想一想，还有没有其他补充？"

"没拿尺子画得还比较直，要是用尺子就更直了，我希望大家画得更直！"

……

我开始学着享受琐碎付出后得到的乐趣。

我帮一个女孩儿喂药，药很苦，喝完后我给了她一块糖，她甜甜地吃着。第二天，她的妈妈告诉我，昨天放学的路上，女孩儿问了她一句话："妈妈，你上学的时候老师也这样好吗？"

我给孩子拧开打不开的水壶，给孩子拉开锁住的拉锁，给孩子捋顺缠在一起的跳绳，给孩子系上散开的鞋带，给他们调解矛盾，让一个矫情的最开始只会对同学恶语相向、拳脚相加的小姑娘学会道歉……我开始享受这个过程，不厌其烦，并为得到的一个轻轻的搂抱、一句童稚的祝福而感动。

……

家庭散文

婚姻十七年

一

十七年以后的某一天，我偶然读到一句话："君子务虚，小人务实。"我有好一阵子的窃喜，因为我终于可以为我十七年虚幻的生活找一个最冠冕堂皇的理由。然而，十七年岁月所积淀出的那一份最平实的情感，突然间地让我泪流满面。我于泪眼滂沱中，仿佛也第一次意识到：他用他十七年的实，支撑了我十七年的虚。

二

很久以前，我曾经一本正经地跟爱人说过："其实我不爱你，我真的不爱你。"说这话的时候，我自以为自己很脱俗，一脸的纯真，不大的眼睛上下忽闪着。

记得爱人只是抬眼看了我一眼，说："是吗？为什么呢？可我是爱你的。"然后低头继续缝要给我做的小棉垫子。

那时，我俩还都年轻。他的头发黑亮，我的腰身小巧。我们走进婚姻的日子还不久。

结婚之后，我仿佛突然间变聪明了。我用等价交换的思想分析了我的婚姻，分析的结果是：在结婚这件事上，我是吃了亏的。

我开始不平衡。找个机会就要给他摆一摆事实。我说："你看你这样吧！再看我，这样吧！"我又说："你看你这样吧！再看我，这样吧！"我接着说："你看你这样吧！再看我，这样吧！"

在我一句一句有策略的引诱下，他频频点头，仿佛也开始认定我要比他高一筹，每一次都很真诚地看着我的眼睛说："真的，嫁给我，真亏待了你，要不，你看，现在你嚷嚷两句就嚷嚷两句，我一句话都不说，能多干点儿活就多干点儿活。"

这一句话，成了我们今后婚姻的一种基调。后面的日子，确实是他干得多点儿，我干得少点儿，他操心家里多点儿，我操心家里少点儿。

三

他叫我"小茹子"，有时叫我"大宝"，有时更省略一点，只叫我"宝"。现在，我四十岁了，他还是这样称呼我。

有时，我一回头，会发现他正看我。

他是一个工人，一个焊工。这么多年了，我仍然不清楚他的工作环境。刚结婚不久的某一天中午，他回家时，我看见他穿着一个小破棉袄，里面是一个小破绒衣，都紧箍在他的身上。冬天的时候，他偶尔会叨唠一句："想买个狗皮背心。"他说狗皮背心暖和。我那时很年轻，他说他的，我并没在意。我一直不知道他累，只是有一次听工厂的人聊天，才知道焊工是最累的一个工种。不轻易地，他有时也会说出这样的话："冬天的风，没处躲，没处藏，在高处干活，风打得全身都透了。"或是："夏天在炉膛里干活，没进去先是一身汗。"每次他都说得风淡云轻，每次我也听得风淡云轻。

他只是初中毕业，但我不能不承认他的脑子灵，手巧。他的技术是很厉害的，又有经验，又肯用心，工厂一些焊接活儿非他莫属。他入了党，当了班长，他应该有好一点的前程。但他顾家，他不放心我单独干一些事情，在家与工作两难的时候，他辞了班长的职位，一心一意地当工人，心里与眼里，装着的都是我和儿子。

他比我大七岁，喜欢以庇护人的姿态站在我面前。婚姻越往后走，他好像越把我当个孩子。以至于今天，我突然发现自己不会做很多事。比如：我不会给自己的手机充值，我没有买过充值卡。每次我的手机没钱，都是他给我打电话后发现的，晚上赶紧给我买一张充上；我不会用家里的洗衣机；我不会用家里的照相机；在家里的电视装上机顶盒后，我开始不会用家里的电视；我不会上银行取钱存钱；我不会交煤气费；我不会用我的工资卡。所有的银行卡我都不办，即使人家找上门来，带着小礼物来，我都不办，因为我不会后面一系列随之而来的要设定密码、要开通、要缴费、要取消等等的操作，所以我不办，至今，我还采用最原始的付费方式：现金付费。我更不会炖肉；不会做面食；我虽然会炒菜，可谁也不爱吃；我好像没有买过家里的柴米油盐，甚至牙膏、肥皂、洗涤灵等等都没买过。

我不会做很多事情，只爱看闲书。我看闲书的时候，他仿佛觉得我正在做大事一样，忙着哄孩子、做饭，不肯轻易叫我。我备课、写论文、学历进修时，他即使忙得团团转，也不会打扰我，他高看我做的一切，认为那是文化人做的事，所以家中的大事小事他尽可能地揽过去。有时，就是忙得不可开交，他也不唠叨我，甚至还会沏杯茶给我送过来。

儿子渐渐长大后，家里的那张书桌就成了我和儿子的专属位置，儿子写作业。我呢，读自己爱读的书。我和儿子一人坐在桌子的这头，一人坐在桌子的那头，就像家里有两个学生。

他这时就在厨房忙碌，有时给我俩切一盘水果，有时递上两杯饮料。

我和儿子用的本、笔，他会按时给我俩买回来。他每次买回来的，都是一式两份。我喜欢黄颜色，他就给我买黄颜色的笔袋，儿子喜欢蓝颜色，他就给他买蓝颜色的笔袋。他给我俩买最好用的笔。

他陪我俩上书店。他并不爱看书，但喜欢捧着我俩选好的书去交费，然后拎着一塑料袋的书出来，在西单图书大厦的门口，买两个冰淇淋，给我俩一人一个。

他很喜欢在一切家务都稳妥后，坐在沙发上，点一支烟，满足地看着我俩学习。

在我的努力没有什么结果的时候，有时，我也会很沮丧，觉得自己很笨，低着头跟他说："我真的这么笨吗？"他就会用那种惯常的平静语气说："什么笨，还不到时候。"

应该说，十七年的婚姻生活，并没有更多地训练出我做家庭主妇的能力。倒是一些不切实际的爱好，断断续续地跟随我，一直到现在。比如：当夕阳的余晖洒在我们的小卧室时，我总想冲出去，追着夕阳一起奔跑。比如：我怀念我儿时的草滩，夏日的阵雨之后，我尤其地渴望那里。

他从不排斥我的这些不切实际的爱好。

我们每个月都要到吴裕泰茶庄买几百元一斤的绿茶。他知道，我喜欢看干净的玻璃杯里，茶叶舒展开的样子，喜欢看一个一个的小嫩芽在水里绽放。

他去给我摘夏日的蒲棒，摘秋天的芦苇，摘厂门口的玉兰，插在我们买的一个打折后的浅花瓷瓶里。他还就着我的意思去采大捧的野菊花，买最便宜的康乃馨，揪一捧貌似星星草的野草，从冬天的树上折一枝带有诗意的枯枝。

他带我去看月亮，到草滩上看，到山上看，在阳台上看，在天文馆的望远镜上看。也许他远没有那样的浪漫，在四十已过的时候，有着看月亮的心情，但他可以做到的是，看我由着性子地折腾，有一搭无一搭地陪着我惊讶。

那大傍晚，他开车带我去追夕阳。夕阳在我们的前面，我们的车沿着山路渐行渐远。我们看着夕阳在我们的前面渐渐沉没，风渐渐凄厉，天色暗淡下来。那刻，我的心在归程，踏实得无与伦比。

四

十七年之后，我愿意为他变成一个琐碎的妇人，穿着最家常

的衣服，说着最家常的话，手里拿一块抹布，到处抹一抹，要不就
是将几件衣服，一件一件叠平。我们的生活，开始像秋后的大地，
明净质朴。我的性子是越来越好了。我变得爱唠叨了："不干活的
时候，你一定找个地方闭目养神，咱们都老了，就得自己注意。""吃
点蜂王浆吧，你得补补。""真不容易，你竟然爱吃枣，我又给你买
了两袋，我给你装在小桶里了，哎，就这儿，想着每天吃。""哪儿
能买到狗皮背心，咱们转转去。"我是真的开始疼惜他，知道只有
他才是与我相依终生的人。我开始爱感动。以往的那些我认为最平
常的事，现在想起来，点点滴滴，我品出来的，全是他对我的好。

　　我开始想，想我们有一天，他拄着拐杖，我驼着背，我们一
前一后地走在街道上，我们即使头发花白，但他仍然会攥我的手，
我仍然会冲他娇嗔地笑，他看我的眼神，会让我觉得，他仍然把我
当成他手心里的宝。

婚 礼

一

我出生在一个很普通的家庭里。按理说，我应该学得更精明一点，懂得筹划一点，心里的小算盘多一点。但不幸的是，我一直活得很迷离，再通俗一点，就是我一直活得很混沌。

我同时习惯看低自己，尽可能的低，低到尘埃里，谁也看不见才好。这或许源于母亲，母亲重男轻女，母亲的目光让我从小就知道自己不重要。这让我在后来即使顺畅的日子里，仍然能理智地保留朴素的本性，永远地通情达理，永远地谦和温顺。

应该说，我的整个交友、结婚过程，充分地体现了我这两点性格特征。

翻开我十九岁时的照片：身穿绿色的 T 恤、黑色的小百褶裙，体态娇小，眉眼清秀，羞怯可人。

但悲剧的是，我自己没有意识到。

也可以说，我既没有意识到自己青春的美，也同样没有意识到自己已到了"待价而沽"的年龄。学校的几位年轻女老师，课余聚在一起，细细筹谋着未来老公的条件、未来公公婆婆的条件。我在一旁，总是听几句就会无聊地走开。那时我心里惦念的，仍是学校后花园的那几株白色的碧桃。

二十岁时，有大院的大妈、胡同的李婶、村头的太太给我介绍男朋友，我随口答应了一家，就是我现在的爱人，那时我叫他小翟。

我现在还记得小翟第一次在村头等我的样子。他给我的第一印象是长得很怪。但我从没想过要拒绝，这让小翟的心里涌起了兴奋的浪花。要知道，小翟的条件确实不理想，要一般的小女孩儿来看，是很不理想的，是要一脚蹬掉的。

我和小翟开始了正式的交往。

小翟带我到前门的正阳楼吃饭。小翟那天准备了很厚的一沓钞票，从见我第一面起，他就对我太满意了，他太想把我追到手了。他拿着菜单，很绅士地请我点菜。我看也没看，很学生气地看着他说："我想吃炒鸡蛋。"小翟很明显地一愣，然后用温柔得能挤出水的声音对我说："炒鸡蛋咱回家吃，好吗？"

这个场景，成了小翟婚后无数次取笑我的话题。

小翟后来说："那一顿饭，让他悬着的心沉下了大半，他意识到，我是个要求很低的女孩儿。"

后来我们再去前门，小翟就东一个胡同西一个胡同地绕来绕去，带我到一个小饭馆去吃褡裢火烧。在充满平民气息的小饭馆里，白米粥、褡裢火烧、一碟咸菜，我吃得很自在，很舒服。

我和小翟交往了三年，三年时间里，他等着我从二十岁到二十三岁，等着我到国家允许的法定结婚年龄。据小翟后来说，那三年，他简直是一个日子一个日子数着过来的。好在，他看我实在不是个见异思迁的女孩儿，每天的想法简单得不能再简单，就是看看月亮，看看草，一朵花就能让我陶醉得又吸鼻子又闭眼的，实在好对付。我从不想什么罗曼蒂克，所以，三年时间里，小翟跟我交朋友很轻松，一般男孩儿恋爱期经历的千般苦万般难，小翟都没有遇到。很多的时候，我们都是在村头的大堤上散步，一直走到月上中天。偶尔，小翟也会带我看场电影。我们很少去商场，我也没有要求他送我礼物。我是个后知后觉的人，当三年之后，我终于意识到我是可以骄傲一点的时候，我已经领了证，过了让他打躬作揖向我献殷勤的最好时机。后来，我看了自然界中一些雄性动物拿着一根漂亮的羽毛，或一块莹润的小石头，在雌性动物的周围左蹦右跳，一会儿唱情歌，一会儿展开尾羽绽放美丽的屏，大献特献殷勤时，我还是很感慨的，我暗叹，我的智商还不如自然界中的雌鸟们。

二

我们的婚礼，实在是值得大书特书一番的。

整场婚礼，充满了小儿办家家的随意和散淡。我做事本随性，一直也没把婚礼太当回事。临近婚礼时，我对婚礼一点筹划的方向都没有。一天，在单位里偶尔听一个同事说旅行结婚好，我心念一动，当晚就跟小翟说："咱们旅游结婚吧。"小翟答应了。第二天他去买了票，票是第三天的，到安徽的黄山。于是第三天，我们就打点好行李，跟彼此的父母和单位领导打了招呼，就出发了。

回来后，我们分送礼物，听到别人的祝贺时，我突然觉得，我们怎么也应该请两边的人吃顿饭。于是，就有了一个小婚礼的诞生。

婚礼之前，我和小翟出去买了几次东西。

我买了一身粉色的西服套装，当时的我很瘦小，我勉强能架住那身最小号的套装。我还买了一双金光闪闪的高跟鞋、粉色的新娘头花。我很喜欢那束新娘头花，起头的花很繁密，然后稀稀疏疏垂下去，摇曳生姿，很有美感。我还买了眼影、粉、口红一类的化妆品。接亲的车，我们找了一个朋友的红夏利，又找了姐夫的蓝奥拓，还有一辆白面包。

婚礼当天，我并没有带头花，化了淡淡的妆，除了那身扎眼而不合身的套装能让人猜测出我可能是新娘外，其余方面，我朴素得就跟平时一样。我没有坐那辆夏利，而是将给我送亲的两个同学按进了夏利车，我和小翟坐了后面的奥拓。犹记得车子开到新家门口时，鞭炮声一时大作，所有的亲友涌向夏利，车门打开，他们惊诧的目光与两个同学尴尬的目光相遇，在面面相觑了几秒钟后，他们才仿佛反应过来似的，目光齐刷刷地转向了后面的奥拓。彼时我们俩已经一左一右从车里走了出来，一个捂住耳朵冲进左边的人群，一个捂住耳朵冲进右边的人群，当鞭炮声停止时，我听到一个声音问："新娘在哪里？"

三

其实，浮华的婚礼我见过：长长的车队、洁白的婚纱、高档的婚宴……但是，我也知道，婚姻是一生，是无数个平淡而琐碎的日子，是两个人都需要承担起的一份家庭责任，能不能一生牵手走过，不是一场浮华能支撑得了的。

我和小翟，我们之间没有刻骨铭心的爱，但我们知道踏踏实实地过每一个日子。

二十年后，我和小翟一前一后走在街上，遇见长长的婚礼车队时，我会淡淡一笑，心里依旧云淡风轻。

有关做饭

一

有一天，我终于意识到，一家中，愿意在一日三餐中消磨时光，把心思花在一顿饭、一碗汤上的那个人，也是对这个家充满了最深厚绵绵爱意的人。

二

爱人做饭，愿意独撑大局。

往往在我掰着手指头，面对摊在眼前满眼的菜、肉、米、面，一样一样细数着要做什么，却又最终只觉烦琐，而不知先做哪一样的时候，爱人却总说："不忙，不忙。"

所以，对待做饭，我是手忙脚乱的。而他，是气定神闲的。

慢慢地，我由最初还会做几样菜的人，渐渐沦落成了大厨旁边的一个小帮工。

一开始，我倒不自怨自艾，还常躲在一旁偷偷笑。想以后，他在厨房忙活锅、碗、瓢、盆的时候，我就可以坐在阳台上静静地看书了。

但是，事情往往难遂人愿。

他会经常叫我："小茹子，剥棵葱。"我放下看了两页的书，往厨房跑。等回来，刚拿起书，他又叫："小茹子，剥头蒜。"我跑过去，再跑回来。他又叫："小茹子，帮我拿个盘。"……我想要看的书，就在这一趟一趟的呼唤中，被分解得支离破碎。

后来，我变聪明了，做饭前，我就将葱、姜、蒜都给他备好。

可是，他还会问我："小茹子，这鱼是清蒸还是红烧？"油锅里的油已是滚热，明显是要红烧，却还要问我。"小茹子，这点剩饭是倒在盘子里还是碗里？""小茹子，这个凉菜你是想糖多点还是糖少点？"

终于被叫得不胜其烦的时候，我索性拿着书，斜倚在厨房的门框上，边看书，边等他吩咐我。

然而，这顿饭下来，他却始终没让我干什么。自己剥葱剥蒜，自己拿盆拿碗，眼睛盯着手里的活儿，嘴里有一句没一句地跟我唠叨一些事，倒也并不在意我是否回答他。我呢，边看书，边哼哈着跟他聊。

我明白了，他做饭，是喜欢我陪在他的身边。

这以后，他做饭，我就经常拿本书斜倚在厨房的门框上。这样，他做了饭，我也看了书。

做完饭的爱人，饭桌上总爱摆功臣的模样。给儿子夹块肉，给我夹块肉，然后不忘絮絮叨叨地说我的肉啃得不干净，说儿子的嘴巴上有饭粒儿。他却吃得不多，愿意一杯茶一颗烟地看我俩吃。

三

可以说，在做饭这件事上，我是极吝啬时间的。但这并不意味着我不好吃，实际上，我是很馋的一个人。

可以说，在做饭这件事上，爱人是极不怕浪费时间的。但这并不意味着他好吃，实际上，他是一个见饭从来不香的人。

周末的早晨，往往在睁开惺忪睡眼的一瞬间，他的话也会随即响起："今天，咱们吃什么？"兴致高的时候，我会和他一起商量，看看外面的天空（如果细雨绵绵，或阴云四合，或朔风凛冽，我是想极了涮锅的），想想今天是否赶巧是哪个节气（我对那些吃薄饼、肘子、螃蟹、饺子的节气还是很感兴趣的），再想想这个星期中什么吃的东西曾经让我一遍一遍咂摸过嘴巴。兴致不高时，我就会一转身，甩给他一句话："你真俗。"

他倒并不在意。兴致勃勃地穿衣、收拾，拎着大袋子小袋子出门，再拎着大袋子小袋子回来。然后无怨无悔地将上午剩下的时间都浪掷在厨房里。

这时的我一般会坐在我打扫过的，如水洗过般清洁的客厅里看书。阳光从外面照进来，光线明明暗暗，有时是一阵风吹进来，拂在脸上，有时从书中恍惚出来，听到厨房里传出的响声，会有一种平实的满足感。

看书的间歇，我会推开厨房门的一小缝，将脑袋伸进去，看他专心致志地做饭，并暗自奇怪，暗自摇摇头，想这个人怎么会愿意把大好的时间都浪费在做饭上呢？要是我自己的周末，我是要定了清清爽爽的屋子，厨房没有烟火气，一杯茶，一本书，中午只两个白水煮蛋的一天。就连儿子，跟着我的周末，心里都做好了素淡的准备。

然而，不能欺骗自己的是，我们也爱极了从厨房中传出的这种假日的慵懒、闲适、无所顾忌、喧嚣，爱极了由这饭菜而绵延出的家的味道，温暖的味道。所以，爱人休息的周末，我和儿子都喜欢。

爱人会长时间地熬一锅粥。粥熬得细软浓烂，豆子开了花，莲子进嘴就化，枣子露了肉。再配上一碟切得细细的咸菜，咸菜上淋上麻油，放醋，放糖，再配上切得细细的青辣椒丝，那满足感不言而喻。

爱人会炖肉，他认为周末不炖肉，就显不出工夫来。他炒糖色炒得很合适，端上来的排骨、肘子、鸡翅都是红通通的，让人很有食欲。

现今很多人都爱买面食，爱人却习惯自己做。他蒸包子、馒头、麻酱小花卷，玲珑雪白。小花卷只有乒乓球那样大，放在手掌上真如一朵绽放的小花，让人不忍下嘴。

他包的饺子很小巧，很好看，每个饺子都有一样多的褶，我有时嫌耽误时间，就建议他包大点。对这样的建议，他从来不理睬。最初包饺子，是我们俩一起做，后来，他看到我擀的皮是中间薄，边厚，看到我包的饺子个个是仰巴脚，就把我赶出了包饺子的队伍。

有一次，他烙馅饼，我建议他饼铛有多大，馅饼就烙多大，这样，一家三口人三张饼就够了，省时间。搞得他白了我一眼，回头继续烙他那不足一只手掌大的馅饼去了。馅饼的馅经常换，韭菜、白菜、豆角、小白菜、木兰芽，都是我和儿子爱吃的，我曾经有过吃下一盘子馅饼的记录。

小葱下来时，爱人会给我们烙葱花饼，还烙鸡蛋灌饼。他做肉夹馍，我建议他馍就用烧饼铺中的烧饼代替，省事。他却说："他烙的馍才是正宗肉夹馍中的馍。"

有一次，爱人给我们端上一盘金黄的玉米饼。玉米饼呈椭圆形，很小，焦黄中透出一股玉米的清香。尝在嘴里甜、软、香。爱人说："你以为我天天早上去法海寺瞎逛呀，我是给你们俩学做吃的去了。这玉米饼是我站在那家卖玉米饼的摊前学了两天才学会的，里面放了两袋奶，一袋白糖。"

四

四十岁的这一年，我很想给家里人做顿饭。

"我要蒸一回包子。"我边看电视边向两人郑重地宣布。

"老爸，你要给老妈准备一袋面了。不，恐怕一袋不够，你得准备两袋。"儿子面冲他的老爸，一副严肃的样子，但调侃的味道还是任谁都能听出来的。他的老爸，用手敲敲桌子，以低沉而缓慢的语调说："儿子，你老妈要是包一回包子，用两斤面，她的盆上得沾八两面，还是省省吧！"儿子恍然大悟的样子："是这样，那还是算了吧，做包子，也不能浪费粮食呀！"

两人调侃着我，却并不看我。很奇怪，平时他们在家里总是一副二虎相争的样子，一调侃我，马上就能成为一个战壕里的战友。

但我还是想给他们两个包回包子。我问过同事后，很认真地将怎样发面，到哪里能买到自发粉记下来，认真的程度丝毫不亚于我在做一份最重要的工作，我甚至将周六的一个下午都定为蒸包子的时间。

可周五一回家，爱人却端上一盘包子，还冒着热气。这是他歇了一个下午蒸的。"快洗手，吃吧，你不是想吃包子吗？"

我嚷道："什么呀，我想亲自做，我想表达一下我的心意。"

是真的，我想表达一下我的心意。人到了一定岁数，才刚领悟到，一菜一饭绵延的那份情谊。

爱一个人，一定会愿意为他洗手做羹汤，并同时不在意会消磨掉多少时光。

爱人之前对我们，是这样做的。我在之后，也愿意这样做。

花　事

一

　　我生性爱花，骨子里常有不切实际的浪漫情结。爱人务实，更看重的是穿衣吃饭。这本是两种相悖的性格，然而二十年夫妻做下来，我发现，我们仍然能相谐如初，笑语如喃。

二

　　婚后，我们的家，是极小极暗的一间工厂宿舍。墙面不平，地面也不平，赶上阳光好的时候，早晨九十点钟，屋里才能见一点亮儿。从外面看，很像旧社会棚户区的房子。

　　我从没有因为住这样的房子感到难堪，也从不多想，高高兴兴地到同学宽敞的婚房做客，再大大方方地带着她们来到我的小黑屋。我那时有着很纯净的心境，对物欲的追求远远没有现在强烈。我穿最朴素的衣服，梳最简单的马尾辫，对食物的好坏从不过多挑剔。

　　爱人比我大七岁，终于从水深火热的大龄单身男青年的队伍中走出来，看得出，他很珍爱我们的婚姻。他总是兴致勃勃地晃悠在厨房里，用柴、米、油、盐、酱、醋、茶来精心烹制我们的小日子。他让我们的小日子，一开始就有了烟熏火燎般平实与热烈的味道。

家事之余，爱人爱静默地看我做一些事情。结婚不久，他便得出一个结论——他的妻子是一个对正事心不在焉，对不着边际的事很痴迷的一个人。

我那时正疯狂地迷恋着插花。还买了两本插花的书，用考职称的热情学习着。插花书上的每一页彩页都让我痴迷。聚光灯下，大蓝或大红背景下的插花作品流光溢彩，美幻美伦。每一朵花都让我喜欢，它们或插成富丽堂皇式的，诠释着繁华的主题；或插成秋日田园式的，洁白的芦苇、秋日田地里的小黄花、池塘里枯萎的莲蓬和莲藕。鹤望兰的花冠犹如归鹤，在絮一样洁白的云影里，回首怅望故乡……

应该说，对插花的热爱曾一度充斥在我婚后的每一个日子里。

"原来鹤望兰也叫天堂鸟，我记得爱上三毛的马诺林送给三毛的就是一大捧天堂鸟。"

爱人正在一旁给我们的洗衣机做木托，因为地不平，我们的一些家具总在晃。

"什么时候你能给我买一枝鹤望兰？"

爱人转过头："鹤望兰？什么鹤望兰？鹤望兰是什么？"

我将彩页递过去。"喏，这就是鹤望兰。"

爱人扫了一眼，将书又递还给我，拿起小锯，继续锯那块小木头。嘴里说："好，哪天咱们去买。"语气里有明显的敷衍。

　　我听出来了，但并不气，我平时说话爱自说自话，问出的话有时并不希求答案。

　　我看着书继续说："鹤望兰太贵了，你还是送给我一束红玫瑰吧，我要把它插在一个黑色的花瓶里，一定好看。"

　　……

　　后来，我买了一个瓷瓶，圆肚敞口，中等大小，白底，上面绘着兰草，很清雅。

　　那时候卖鲜花的并不多，我也从没有奢求去买花材。我插花的素材主要来自我家的附近：山坡上、马路边、野地里、小河边。爱人在工厂给我打了一把精致的小铲子。我自己又买了一把小剪子。因为有的花花茎很韧，有的花花根很深。

　　那些年，我插进瓶里的，多是一些野花野草。

　　我记得早春时节，野地上会有几种小野花：有一种紫色的小花，叫堇花。蒲公英的小伞飞走后会开出黄花。还有一种开着星星一样白花的小野花，很惹人怜爱。这几种小花采到后，我会高高低低地摆弄半天，直到这些花在瓶里有一种错落疏离的样子我才罢手。有一种草，我叫它星星草，夏天随处长，我就随处采，采一大束，再从哪个墙根下摘几朵小黄花，就是苦菜花，搭在一起，插进瓷瓶，能美丽两三天。丝瓜花插瓶也很好看。摘两朵嫩黄的丝瓜花，两枝牵牛花的藤，插进瓶里，丝瓜花一上一下，牵牛花的藤垂下来，很自然。有时，也能得到一枝两枝月季，没有什么野草可以配它，我就只插月季，一天一剪枝，赶上月亮很好，我就拿到月光下又看又闻的，心里很陶醉。有一年夏天，我意外得到了一枝半开的荷花，已经能看到里面嫩黄的花蕊了。我很希望能把它养成一朵怒放的荷花，就有意地给它换水放止痛片，但很遗憾，没两天，那几片花瓣就枯萎了。水生植物插瓶也很有味道。我刚工作时在一所农村小学，紧挨着永定河。蒲棒、苇子竿、芦苇，这些植物，我都插过瓶，很生动。冬天，没有植物，我就采点枯枝回来。

我的花，就放在厨房的窗台上。旁边是案板、刀具、油盐酱醋的瓶子、各种佐料的小罐，桌子上铺着印花的塑料布，灶台上有擦不掉的油的痕迹。爱人洗洗切切，在火与油热烈的氛围里煎、炒、烹、炸，屋子里充满爆炒油烟的味道。灯光昏暗而温暖，我在一旁，给我的花修枝剪叶，我们有一搭无一搭地说着话，日子平实且美好。

有时，花放在盘子里、碗里，会有另外一种美丽。我曾偷过一次木槿，偷得惊心动魄，至今还记得。我一直以为木槿的枝一撅就折，没想，木槿的枝子很韧，里面折了，外面那层皮还连着，跟牛皮筋一样。那一次，我在街头出尽洋相后，只薅下一朵花，回家后，那朵花已被我攥得快揉熟了。我并不忍丢弃，没什么枝，无法插瓶，我就将那点枝也剪掉，找一个红花的玻璃碗，放上清水，将花放在清水上，没想，浅紫色的花漾在清水上，竟有一种出水芙蓉般的美。

爱人是个工人，身上有一种工人的侉气，他办事不像我那样羞怯。他给我偷花，总偷得理直气壮，不管不顾。他们厂门口有两棵白玉兰，春天花开的时候，他站在树下，门卫就在不远的地方，他啪的一枝，又啪的一枝，然后，举着两枝白玉兰回家后献给我。

三

长长的婚姻生活里，有时我会想，爱人是否曾希望过，有一天我也可以像邻家的主妇一样，嘴里念叨着柴米油盐，手里干着琐碎的活儿，将小家的日子安排得妥帖帖呢？

这话，他没说过，我也没问过。

他看着我的时候，目光中更多的是笑意和满足，我也就收起本就不多的内疚心，肆无忌惮地爱着我爱的一些东西，经营着我的一些小情趣，甚至拥有自己独有的一份精神世界。

搬进了楼房后，我又有了两个花瓶。一个是外观古朴的圆肚陶罐，虽是陶罐，看起来却像是木雕，是我某一年生日在花鸟虫鱼市场用100元淘来的。一个是修长的水晶玻璃瓶，是我们买家具时送我们的礼物。

那些年，村庄在不断地消失，城市的钢筋水泥里，自然的花草已少见。爱人为了满足我，就经常带我到玉泉路花鸟虫鱼市场买鲜花。走进地下一层，满眼的姹紫嫣红，经常令我在一瞬间感觉生活是如此的美好。但我很懂事：三枝玫瑰一大束星星草，或三朵幸福花几枝情人草，或一把康乃馨，十几元钱就买得一份幸福的心情回家。我曾经买到过一束白中带浅粉的康乃馨，那束康乃馨开得异样好，颜色也好，最后跟雪团一样，插在陶罐里，美丽极了。当然，有时我也会忍痛买两枝百合，那就算贵的了。后来有了各种各样的小草花，我又多了很多选择：两把小雏菊，一束勿忘我……也是十元左右一把，回家后插在陶罐里，蓬蓬勃勃的，可以美丽一个星期，很值。

爱人也一定觉得很值，我对着插好的花无限唏嘘，自我吹嘘插得多么好的时候，他经常会在一旁一副满足状地看着我自我陶醉。男人嘛，还是愿意满足女人的，这一点，女人一定要理解。爱人的钱包虽然很瘪，但一两个星期，几十元钱，赚他一副男人气度，赚我见花即媚笑的美好心情，双赢。所以，买花这件事，在后来的十几年里，于我们，就一路持续了下来。

爱人在我三十八岁生日那年，开始给我买花。我三十八岁，他就买三十八枝玫瑰，两枝百合，和一圈的情人草。我三十九岁，他就买三十九枝玫瑰，两枝百合，和一圈情人草。我四十岁生日那天，我争着和他一起去花店给我买花。我配了一束很疏淡的花，想象着它在花瓶里美丽的样子，我的嘴角不由得翘上来。一扭头却看见爱人正阴着脸。他阴着脸不看我，阴着脸让花店服务生将那把素淡的花包上精美的玻璃纸，系上好看的绸带，阴着脸走出花店，又阴着脸甩给我一句："明年过生日别跟我来，四十岁生日，就买这么一束花？给我丢人。"我四十一岁，他捧给我的花束仍是四十一枝玫瑰，两枝百合，和一圈的情人草。我接过来，什么话也没敢说。

四

四十多岁后，我开始想念童年草滩上的小野花。但是，乡村越来越远，我找不到回家的路了。

　　我买了一本又一本介绍植物的书，上面印着堇花、婆婆纳、鸭跖草、水蓼、益母草、野菊花……那是一些我从来不知道的名字。但是名字下的那些草我却认识，那些花我却认识。

　　在用目光抚摸那些草那些花的时候，我仿佛又回到了童年，回到了那段在风里飞翔的日子。

　　后来，一有时间爱人就带着我离开城市，我们行走在路上，车窗外的大片灌木、浅浅的河流、连绵起伏的大山、长满草与花的野地……让我心旷神怡。我们会在某处停下来，下车站在旷野里，站在风里，站在花与草的清香里，站在我魂牵梦萦的一种味道里。

　　我远眺的目光热烈而纯净，神态如羞怯热恋中的女孩儿。爱人看着我，目光平静而温和，一如婚前。

茶 事

一

最初喝茶，还是有附庸风雅的嫌疑。后来能持续下来，最主要的是茶的解渴功能，再就是围绕茶，发生了一些小趣事。

二

二十四岁，我踏入婚姻的殿堂，婚房又小又旧。但这并不妨碍我读《红楼梦》。41回，妙玉说："这是五年前我在玄墓蟠香寺住着，收的梅花上的雪，共得了那一鬼脸青的花瓮一瓮，总舍不得吃，埋在地下……"很令人神往的一个情节。记得那天读到这里，我把书猛地扣在桌上，桌子有些晃，因为地不平。我想了一会儿，决定以后也喝绿茶。那时候，老北京人习惯喝花茶，绿茶好像是一些上档次的人才喝的。

我第一次走进吴裕泰，一下子喜欢上了那里的装饰风格，老字号的一种底蕴，让人踏实。那天看了龙井、毛尖、碧螺春、竹叶青……最后决定买雀舌，360元一斤。雀舌的叶型胖胖乎乎的，很像小雀的舌头，外形和竹叶青很相似。知道雀舌，也是因为读了《红楼梦》，看到了贾母的那一番话。

回家后，我一阵忙乎。做水、刷杯子，刷的是玻璃杯，一水儿的白玻璃，没花纹，然后把茶叶放到杯底，提起壶把水倒进杯子，水一瞬间澄碧爽目，叶子舒展开，片片嫩叶，全是嫩尖，一上一下在水里浮沉。端起杯，一种木叶的清香扑鼻而来。

第一次喝绿茶，水一瞬间的澄碧、叶子瞬间的舒展、木叶瞬间的清香，俘虏了我。

这以后，我又陆续喝过别的绿茶。

后来，我大略了解了炒茶的过程：经历火的淬砺，再经历揉、抓、滚，茶将自己的本色保存起来，不外露，不张扬。直到有一天，在沸水中还原自己的本质。

以后，凡是经历生活低谷期，我就想：这是命运这只手在让我经历火的淬砺，再将我揉、抓、滚，经历一番磨难，让我去其杂质，保留精华。

三

有一段时间，我执拗地想做一个精通茶文化的人。

我买了三百多元一斤与六百多元一斤的铁观音，放在一起，辨析原茶。在两个同样的玻璃杯里冲泡后，看叶形，看茶汤，闻香味，但我并没有看出区别。一天，在王府井的吴裕泰茶庄，我看到一千六百元一斤的铁观音，犹豫了好一会儿，我壮着胆子问售货员：

"我能买一两吗？"说完这句话，我脸都有点红了，以为会遭到白眼。但售货员一副见惯不怪的平和，说："可以呀。"可能怕我难堪，边秤茶还边安慰我说："这一两也能沏个七八次呢。"晚上，我拿出三个玻璃杯并排放好，又依次放了三百多元、六百多元、一千六百多元的铁观音茶叶在杯子里，水沸后冲泡，我反复端详三个杯子，仍然感觉不出来他们有什么区别。一时间，我很沮丧。

几年后，一个专业的品茶师告诉我，要做一个精通各种茶叶的品茶师，要经过很多年的历练。再后来，我又经历了很多事，浮躁于世事的心也渐渐归于平淡，不再想出色，也不再想引人注意。

现在的我，会常常坐下来沉思：各人有各人的专业，品茶师精于茶，自己当老师的，要精于自己的业务。品茶师一杯在手，能品出般般不同。而我一本教材在手，能不能做到精通呢？

四

对于茶的热衷与喜好，使我对街边小的茶叶店有偏见，所以我从来不去。后来，爱人要去买他工作时喝的茶叶，他执拗地要我陪他去一家街边的小店，我随了他。

茶店不算小，人很少，空荡荡的，很静，也显得落寞。店的中间，是一套大的木雕茶桌椅，上面是整套的茶具。老板见有人上门，搓着手，一脸的笑模样。他坚持把我们让到茶桌旁坐下，就像见到了久别重逢的亲兄弟。他站着，我们坐着。他让我们品茶，好几种，不厌其烦地沏茶、倒茶，让我们品。爱人夸他的茶叶物美价廉。

他夸爱人好面相,看着面善,一定要打折让利交定爱人这个朋友。爱人见识短,我同样不谙世事。眼见爱人开始兴奋,捡到大便宜一样,指着沏的茶说:"这两种,各来半斤。"又眼见那老板,仿佛一只猫见到了久别的一条鱼的样子。我在一旁突然插话:"你们这里有雀舌吗?"老板赶紧说:"有。"我说:"给我沏一杯 360 元左右的雀舌来。"老板的眼睛眯缝起来,仿佛见到了另一条鱼。茶马上沏好了。茶色淡,茶形碎,喝起来口感也不好。面对老板,我侃侃而谈:"我一直喝吴裕泰 360 元的雀舌。你这三百多元的雀舌和我平时喝的要差很多,说实话,我觉得它应该不值三百多,顶多在百元多的档次。"我的论证一时间让老板愣住了,可能他没见过这样砍价的,也可能我到底说中了眼前茶的要害,他坐在那里,竟没说话。

我心里暗笑,忙拉着爱人走出了茶店。我一向笨嘴拙舌,这一次的胜利,我记忆尤深。

五

我喜欢痴人说梦。比如,看到一个古雅的瓷瓶,我就说要是有几朵盛开的牡丹就好了。看过植物园盆栽的梅花,我说什么时候能带我去西湖看看梅林。开始喝茶后,我说要是能有一个正宗的紫砂壶沏茶就太美了。

我说完了,也就忘了。很多时候,我的理智大于浪漫。爱人有一天真的抱回一个大盒子,说是景德镇正宗的紫砂茶具。他开心地将茶具放在茶几上,絮絮地开始跟我唠叨:"你知道单位的小李子吗？他们家是景德镇的，这次回家带回四套茶具，给了我一套，很难得的。"说着，爱人打开盒子，一件一件拿给我看。

我在一旁笑着欣赏，心里却有些五味杂陈。爱人是个普通工人，收入微薄，在根基错综复杂的工厂里，人情冷暖，过来的人，谁又不清楚个中滋味？这套茶具如果是真的，该费了他多少唇舌。如果是假的，亦正常不过。

不论真假，我还是将这套茶具珍藏起来。因为想起它来，就很温暖。

六

四十多岁再喝茶时，仪式的东西已经渐渐被我抛掉不少。所谓看山是山，看山不是山，看山还是山，喝茶亦是如此。如今，茶一杯一杯沏上，日子一个一个饱满地过去，就很好。

一串手链

爱人很希望我这个妻子也可以像他们工厂中的女工们一样披金戴银。那时候我们刚结婚不久，彼此都刚刚脱离了父母的管束，钱自由得有些扎手。我们的钱就放在抽屉里，谁想用多少就取多少，有富余了，就扔进梳妆台上插着干花的黑瓷花瓶里。看着花瓶里越来越多的纸币，一段时间，爱人的话题就总围绕着花钱展开。

"我们班儿一个女的，戴一个红宝石戒指，哎，我看了，真漂亮，明儿我也给你买一个。"我伸手看了看自己素净的十个手指头，实在对红宝石不感兴趣，就摇了摇头。"不贵，才两千多块钱。"爱人说这话的时候，我的月工资只有一百多点。

"我们班儿一个女的，她婆婆给她买了一个金手镯，那手镯，看着真撮实，给你买一个吧？"镯子，我倒很喜欢，但我更喜欢玉手镯或银手镯，就又摇了摇头。

"我们班儿一个女的，今天戴了一条金脚链，跟我们显摆，要不你也来一条？"

我伸腿，让他看我的脚脖子。他看了看，无限遗憾地说："是粗了点。"

不过，后来爱人还是给我买了一条金手链。那天，是我儿子的生日，他跟我儿子说："你的生日，也是你妈妈的难日，咱爷俩儿出去，给你妈买个礼物吧。"这句话至今让我很感动。

蝈蝈葫芦

　　爱人很遗憾，没有生在一个有条件的家庭。更遗憾的是，他又找了一个同样没有好的家庭条件的我。我们都不是蜜罐里泡大的孩子。所以对于物质，我们都很节制。

　　把玩之风盛行后，爱人随着社会的起起落落，也开始喜欢一些东西。先是核桃，后是葫芦，然后是蛐蛐罐儿，现在好像又变成了什么串。我对爱人的跟风很不以为然。我个人很少被时尚诱引，多风行的东西，只要不爱，就不碰。但要爱上一件物事，就是一生的痴恋。就像我腕上的镯子，不贵重，然而我戴了十几年，有时细细抚摸，竟感觉是隔世的相识。

　　爱人并不认同我的观点，我对他也不管束太多。夫妻之间，宽宽松松，才是处长之道。

　　衣柜中间的一个小夹层，装的全是爱人的宝贝，宝贝都不贵。200块钱一对的核桃，有两对；10块钱一个的小葫芦，小葫芦长得一点也不周正；1个小木头盒，火柴盒大小，酱紫色，盒盖上刻着一束兰，枝叶纷披，盒子的背后刻着两行字，是一幅对子。小盒子是他从潘家园买的，回来很自豪地跟我和儿子炫耀："50块钱，紫檀的。"我俩同时撇嘴；倒是有一个蝈蝈葫芦可能值点钱，那是大姐夫给他的，大姐夫一向是提笼架鸟的主儿，要知道，他买这些东西是不顾家里生计的。爱人就做不到这点，他永远是在家事之余、家资之外摆弄他的这点小爱好，喜欢却不沉迷，所以他永远成不了真正的玩家。那个蝈蝈葫芦后来成为爱人向别人炫耀的一个宝贝。家里来一个人，他总是仿佛不经意地把蝈蝈葫芦拿出来给客人看，客人也总是很给他面子，啧啧地称赞不休。不过，那个蝈蝈葫芦一看确实不是俗物，色泽厚重，壁上雕刻的花草很生动，盖的颜色呈琥珀色，很莹润，镂空雕刻，雕工细腻。

为了这个葫芦，爱人开始养蝈蝈。他不知道从哪里踅摸来一只蝈蝈。这只蝈蝈有点像蚂蚱，是那种黑头蚂蚱，但比蚂蚱大，腿也长，周身颜色是绿的，有的地方带一道黑，翅膀抬起时，里面露出纱翅。我看着并不是很喜欢，在昆虫世界里，我更喜欢蝴蝶、蜻蜓一类美艳的东西。但我并没表露，我知道，蝈蝈的世界里，深藏着很多文化，只是我不了解罢了。

但爱人却很喜欢，喜欢却不通，这点我看出来了。他不知道从哪里得到的知识：给蝈蝈吃的胡萝卜要蒸，还要裹上一层黄豆粉。他从厂里的一个人那里得到了一些黄豆粉。晚饭后，我和儿子看书的看书，学习的学习，他就在阳台上的藤椅上坐下来，打开葫芦盖，让蝈蝈自己爬出来，然后一杯茶、一根烟地眯缝着眼睛看着那只蝈蝈。蝈蝈蠢蠢的头从罐里慢慢钻出来，啃着爱人准备好的胡萝卜，间或鸣叫几声。他有时也会逗弄蝈蝈，按住蝈蝈的屁股不让它动，或是拿一根火柴棍塞到蝈蝈的牙下，美其名曰给蝈蝈磨牙，或是揪着蝈蝈的两条长腿让它蹦。

我说他是闲极无聊，枉担了养蝈蝈的名声。

我说："你应该了解一下养蝈蝈的历史和文化。"他说："什么文化不文化的，多累，我就想听个声，是个乐。把儿子和你养好了才是我最大的任务。"我听了只好笑笑。但我第二天还是给他下载了一些图片，找了一些简短的文字，希望他多多少少了解一些有关蝈蝈的文化。

爱人在我的"逼迫"下，不得不每晚戴着花镜，囫囵吞枣地将那些材料一点一点地消化。从此，他仿佛有了谈资。我们去香山，去玉泉路市场，走进古玩店，看见蝈蝈葫芦，爱人都会装着很资深的样子上前跟人家攀谈，将材料上的知识，照猫画虎地说上一遍——"这葫芦口上面的盖，叫'蒙芯'，'蒙芯'的材料可多了，有紫檀的，有红木的，有象牙的，有玳瑁的，有虬角的。""蝈蝈要叫的时候，在葫芦里会爬来爬去，它要找一个合适的地方，利用回声，让叫声最大。"……每次听他侃，我都会在一旁有趣地看着他，感觉他很像个大孩子。我同时很警醒，感觉他要露馅时，马上拉起他，开溜。

爱人喜欢把别人的目光吸引过来，希望得到别人的关注，这点我理解，因为我也喜欢这样。但凭爱人的长相和气质，平时这种机会是不多的。有了这只蝈蝈后，爱人在心理上得到了些许满足。他经常穿着工厂的破棉袄，把蝈蝈葫芦揣在怀里，昂首挺胸地走在路上，蝈蝈的鸣叫常引来路人的一些寻找，爱人这时就心花怒放起来，头扬得更高了，背也挺得更直了。他还揣着蝈蝈去吃饭，借着蝈蝈的叫声和服务生贫两句，这时我在一旁很少生气。但爱人整的这些调调，我都不喜欢。给平淡的日子整出点情调来，才是我的爱好。

我跟爱人说："我帮蝈蝈找点乐儿吧？"

那时，我们家附近的桥那边还是一个自然村，家家院子外，点豆种花，很有田园味道。中间一大片农业地，地里玉米、丝瓜、豆角架、喇叭花的藤，都荒在那里，没人理会。我一直对那片地很感兴趣。那天傍晚，我走进那片地，用剪子剪了三根丝瓜花的藤，藤长长的，叶子也大，拿在手里都费劲。回家后，我就开始像上足了发条的弦一样。"快，快，把这个小藤筐钉墙上，钉椅角这儿，钉高点。""把这根藤用胶条粘在小筐里，这三根都粘。"我将粘好的藤往下捋顺，丝瓜藤摇摇曳曳垂下来，一直快垂到地面，丝瓜叶子很肥大，密密匝匝的，丝瓜花藏在叶子下，有的还半开着。这几根丝瓜藤竟让阳台有了别样的味道。我站在一旁，美滋滋地看着，一会儿摆弄一片叶子，一会儿摆弄一朵花。很快，月上中天。我将阳台的灯关上，让月光照进来，照在瓜藤上。我说："把蝈蝈放在叶子上。"我沏了两杯茶，放在藤桌上。蝈蝈爬在丝瓜藤上，欢叫着，我们喝着茶，吹着晚风，听着虫鸣，感觉那一晚真有味道。

失了水的瓜藤爱干，我经常换。有时我会换成牵牛花的藤，还换过爬山虎、豆角的藤。那段时间，站在客厅里欣赏那些自然摇曳生气勃勃的藤，是我的一大乐事。

冬天，屋里来了暖气，蝈蝈叫得就勤了。它先是丝丝微鸣，然后引吭高歌，最后竟至整夜不断。我和儿子都是安静惯了的人，有时被吵烦了，不免会对爱人怒目而视。每到这时，爱人很知趣地一通忙乱，将葫芦塞到了沙发垫子下，上面加两个垫子，再盖一层棉袄，直到蝈蝈的声音渺渺茫茫起来。

后来，下了一场雪。那场雪后不久，蝈蝈就死了，爱人的蝈蝈葫芦后来一直空着。

用半世，读懂母爱

幼年时，母亲站在房间的中央时，她看母亲要仰着脸。母亲有时会点上一根烟，深吸一口，目光很深，在谁的身上也不做停留。她觉得母亲周身散发着一种冷和硬的东西，为此，她从不敢奢望母亲会俯下身抱抱她。彼时，家里有四个挨着肩没有成年的孩子，还有八十岁的奶奶，两个人挣钱，七个人花。

学前时段，父母上班，她不束奶奶管理。她出去看云、看雨、看花、看草、看星星、看月亮……脚步停留在一切可以停留的地方。她像一缕游走在四季中的风，满心满眼里都是欢喜。

母亲下班后，天基本就是黑的了，再忙着做饭，很少有空关心她。

老屋墙上的裂缝越来越大，不翻盖不行了。父亲文弱，长夜寂寂，只有母亲自己骑在墙头上，头发凌乱、汉子般的就着昏暗的灯光，用瓦刀一块一块清理旧砖旧瓦上的水泥。老屋翻盖完后，母亲的头发全白了，母亲开始常年戴一顶白布帽子。

她的年龄渐长，上了村小学，可以做一些家务活儿了。母亲那时的活儿也多，且不说做饭、洗衣、收拾屋子，还要做鞋、拆洗被子、打帘子、腌咸菜、打夏草、打秋草、侍弄自留地……但母亲却从没指使过她，哪怕是一些最简单的活儿，母亲都没让她干过。所以，一直是她自己主动做家务，她不想做的话，她母亲也从不抱怨或是要求什么。

小学三年级，她少不更事，跟同学打赌，输掉了母亲刚刚从工厂搬回的一盆花。那盆花挺稀罕：湖蓝色的花瓣，白色的花蕊，杂在一溜儿小草花中间，感觉很有身价。在得知她把那盆花输给同学后，母亲站在院子里，哭笑不得地看着她，说："你知道那盆花多不好求，你说送人就送人了？"母亲说完，就没再说别的，也没有让她把花要回来。

初中，她不知听谁说，脸上抹上牛奶皮肤会好。她家窗台上常年放着一瓶奶，那是给母亲订的，母亲每天都很累，身体损毁很大。但她并没有犹豫，每天偷偷地拧开牛奶盖儿，倒一点在手里，再拧好盖，放回窗台，手上的奶抹在脸上，抹好了再洗去。冬天，奶瓶里的奶会冻成冰碴儿，如果不小心，会倒出一大坨。那天，倒完奶后，奶瓶里只剩下不到一半的奶，她有点儿担心母亲知道这件事。母亲喝奶时，她趴在窗台前，偷偷看母亲的反应。母亲看到奶瓶，只迟疑了一下，就将瓶里的奶倒进了奶锅。多年以后，母亲有次笑着对她说："早知道你偷偷用我的奶抹脸了。"

后来上了师范，内敛的性格，让她越发地爱上了阅读。那年，三毛的书刚刚流行到大陆。她偶然看中了一套三毛的书，爱不释手，十一本，十块钱。回家后，她伸手跟母亲要钱说要买书。那阵子，父亲刚刚退休在家，父母的退休费都不多，紧着用，都没有富余。听说她要买书，母亲没有多说什么，转身从衣柜的抽屉里拿出十元钱递给她，只轻轻说了一句："这可是咱们家半个月的菜钱。"

她二十四岁结婚，结婚时，母亲表现得很平淡，她并不以为意。结婚后，她与母亲维系着惯常的关系模式。她看了很多关于母爱的文章，但却从没过多思考过"母爱"这两个字。

后来，她有了小孩儿，小孩儿长大后，她有了闲暇，已近七十的母亲，从没有麻烦过她。没有过多家事的叨扰，她的性子仍然是浪漫多于成熟，业余时间看云、看雨、看星星、看月亮、看花、看草，并乐此不疲。

四十岁时的一个周末，她约两个姐姐回村里看母亲。母亲坐在床上，脸上已不复旧时的刚和硬，多了平和，多了慈爱。听她们聊天，很开心，不时还要插上几句。不知谁提到了打草，大姐说："还记得那年村里放电影，您一个人到石郊湾子去打草，天黑，惹了马蜂，半张脸都被蜇肿了。"母亲说："怎么不记得，回来时，眼睛肿得就剩一条缝了，那筐草也没舍得扔。"母亲顿了顿，又接着说，"那些年不打草行吗？每年就指着这点草卖钱，给你们添置棉衣棉裤。"母亲说得云淡风轻，她听了却俨然是晴天霹雳："啊？我们曾经那么穷过吗？我怎么不记得？"

要知道，她所有的童年记忆中，除了玩儿，就是母亲放在盖帘上的食物了：麻酱糖饼、葱花肉饼、韭菜鸡蛋的大饺子……一切富足而美好！

"但多穷，也没让你们破衣邋遢过！"母亲柔和的脸上一瞬间又有了往昔的刚硬。母亲的话还在继续。那天，母亲的话明显多于往昔。

　　据母亲讲，她自己十七岁进农业社，背筐、抬粪，跟二十几岁的壮小伙儿干一样的活儿。当时管事的人看母亲小，想照顾母亲，但母亲一梗脖子说："没事。"母亲后来以农代工，进了工厂，被分到最脏最累的一个车间，抢铁锹、锄煤灰，干的活儿跟农业社的活儿也差不了哪儿去。很快，母亲凭借突击队员一样的干活热情当上了车间领导，还被评为市级劳模。嫁到刘家后，寡居的婆婆性子温和，丈夫文弱，她没人依靠，只能自己挑起日子。

　　"不能让人在背后指指点点！"她从母亲的脸上读出了坚毅。仿佛有一种深刻突袭而来，给她四十年的简单汇入了思考的沉重。她终于意识到，曾经，在生活的重压下，母亲以如钢似铁的坚毅，屏蔽掉了家道的艰难，让她的童年记忆里没有一丝一毫的沉重。

　　这，应该是另一种母爱吧！不揣摩则已，一揣摩，则如经年的沉香，弥散出醇厚悠远的味道！

童年记忆三则

火　绳

火绳的前身是蒿子。

小时候，村子前有一座小山，山上遍是青蒿，七八月份香气最为浓烈，有很多白色的小蝴蝶在上面飞。

父亲每年七八月份都要去打蒿子。打来的蒿子平铺在院中，晾干，然后三股并一股编起来，编成长长一串，挂在南屋的屋檐下，晾上一年两年，蒿子就成了火绳。

奶奶爱用火绳。我家的小院不大。台阶是一整块青石，不平，但光滑，适宜坐。地是水泥的，也不平，稍微有点斜坡。夏天，除去雨天，我们的晚饭都要摆在小院里吃。太阳退到山后了，天不躁了，地也静了，人心也闲下来了，等奶奶把饭做好了，奶奶就迈着三寸金莲从厨房里出来。奶奶很瘦，脸上的笑很静很淡。她坐下来的时候，会长长地喘口气，全身绷着的劲会一下子散了。

走出厨房的奶奶，会指点我们把小院清扫干净，洒上水，一切清清爽爽、利利落落了，饭桌就摆上了。没有大鱼大肉，但晚饭的兴致大多是好的。一顿饭下来，夜会渐渐袭来，奶奶的笑也会从清晰渐渐变模糊。夜的天幕经常是蓝的,但蓝和蓝不一样。有时是浅蓝,到很晚了都还是浅蓝,还能看到淡淡的白云的影子。有时是宝石蓝,蓝得很纯粹。有时蓝要重一些,发黑,好像是阴雨的前兆。有星星时,星星碎钻一样。月亮有时月牙,有时半月,有时满月。月牙儿时,月亮像黄金的钩儿,满月时,月亮像黄金的盘。

夜色浓,院里草木的味道也浓了。我家院子里种着一棵槐树、一棵石榴、一棵夹竹桃、一棵晚饭花,都不名贵。白天看稀疏平常,月下看就是另一副样子。月亮的清辉让周围的一切越发朦胧,花叶扶疏,仿佛被蒙上了一层纱。五月,槐树开出白色的花,散发出浓烈的香。六月,晚饭花花繁叶茂,撒下一地散碎的影子。七月的石榴花美轮美奂。八月的夹竹桃如梦如幻。九月夜凉如水,星空如梦。

少年时的月夜印在脑中,不离不弃,相伴永远。

饭桌的气氛经常像那星、那月、那花、那树一样,美好而迷人。而奶奶的笑也像那星、那月、那花、那树一样,迷离而梦幻。

饭毕了,碗碟撤了,一切拾掇干净了,该各忙各的了,却没有谁想起身回屋,一种很舒适的味道浓浓地弥散着:温馨的味道、散淡的味道、奶奶做了一天饭闲下来的味道、父母目光温和的味道……好像都有,又好像是融合在一起了。二姐靠着奶奶,弟弟靠着母亲,父亲坐在台阶上,我倚着门框。大姐嘛,大姐到了有心事的年龄,早早找同学遛弯去了。话题仍然有,有时继续着饭桌上的话题,有时"另起炉灶",说起了别的,有时就什么也不说,就那么静坐着。廊前灯发出昏黄的光，氤氲着。过来过去的邻居，都会停下来跟奶奶说话，或称呼老嫂子，或称呼大奶奶，或称呼大婶，说："歇凉呢？看您老这一院子的孙子孙女，您老有福啊。"奶奶谦和地回答着，必跟上两句祝福的话。这时，头上开始有大团的蚊子，还有小蠓子。奶奶说："点根火绳吧。"父亲就起身，从屋檐下摘下一根火绳，点燃，吹一吹，让火星更多一点，在半空中晃一晃，熏熏团成一团的蚊子，然后放到地上，蒿子的清香开始徐徐弥散出来。我们在蒿子的清香中久久围坐，有时到月上中天。

奶奶八十三岁去世，去世的前三天，还在忙一家人的饭。奶奶去世的时候，全院几十户人家，家家出人给她送葬。邻居们说："老太太敬人啊！老太太身上有股子韧劲儿。这一辈子，不容易。"母亲说："老人脾气好，这么多年，是她在包容我。"

父亲是奶奶四十岁生下的独子。奶奶挑豆腐卖豆腐养大了父亲。父亲说："你奶奶，富过，见识过。后来日子穷了，最困难时，几天没吃饭，但是即使肚子饿得瘪了，她走出去也会利利落落的，该与邻居谈笑就谈笑，什么口风也不露。"

那时我还小，最该大恸的时刻，我却全然无知地让它过去了。后来，我经常想念那些夏夜，感谢那些夏夜。感谢夏夜里的风、花香、树影、月亮，还有那些絮絮的话，还有地上躺着的火绳，火绳散发出的缕缕蒿子清香。它让我在怀念奶奶艰苦一生的时候，在为不能早点长大孝敬奶奶的刻骨遗憾中，心里会有稍许的慰藉——奶奶在生前也有片刻的闲在。

水　筲

　　我记得，很小的时候，父亲有一个扁担和一对水筲。扁担是木头的，磨得很亮。水筲是铁的，但外面漆上了蓝色的漆。水筲就放在西屋的屋檐下，旁边有个大水缸，父亲挑的水就倒到水缸里。水缸里的水，是一天要家用的。

　　父亲挑水多在清晨，太阳还没有出来。村庄的清晨很舒适。柏油马路上总有一滩滩的水印，不知道是夜晚的露水，还是更早挑水的人洒下的，可能都有。胡家门口有竹子编就的篱笆，围出一块地，里面种菜。篱笆上会爬着大朵的牵牛花，深粉色的，边缘有一道白边，牵牛花朵朵开放，花上叶上有滚圆的露珠。村庄的树随意而多，树梢上飘着白雾，有时低悬在树冠上，吸一口空气，感觉很清洌。

　　村头有一座白石桥，桥的下面是永河。父亲挑的水就是永河的水。永河的水很汹涌，一波拥着一波向前滚动，看久了，会让人感觉眼晕。父亲沿着一条人工砌起的石阶走下去，石头砌的河沿并不宽，但父亲个子很矮，所以父亲舀水时就显得比别的男人要费劲。父亲挨下身，紧够着用右手将一个水筲往水里一按，有时按一下不行，还要往水里再按一下，再提上来。然后这样再提一筲。父亲挑着两满筲水，有点踉跄地走上一个台阶又一个台阶。

　　我有时跟着父亲去挑水，有时等着父亲挑水回来。父亲的水筲聚焦了我的目光，因为父亲的水筲里很美。

　　父亲的水筲里，有时有银线一样的小鱼在游，小鱼倏忽来倏忽去，眼睛像个小黑点。有时还会兜上几只黑色的小蝌蚪，小蝌蚪头大尾巴细，尾巴颤颤的，能抖出很多细细的水纹。春天里的某几天，水筲里经常会落进几片花瓣，多是桃花瓣。村头白石桥旁，碧瓦青砖的人家墙下，有一棵无主的桃树，树有些年龄了，春天一来，花开万朵，如霞似锦。花盛开了，也要落了。落花那几天，风过时，片片花瓣在风中旋舞，舞出一阵阵花瓣雨，花瓣雨有时就恰好落进父亲的水筲。还有时是几片柳叶。春天的柳叶正绿正嫩，漂在水上，翠色逼人，映得水更清了，叶更嫩了。而秋天的时候，落进去更多的是落叶。有的落叶恰好颜色很好看，鲜红的、明黄的，飘在水上，很明艳。但我最喜欢的，还是下雪的日子里，雪花瞬间融入水中的样子。雪花在接触到水的一瞬间，能很清晰地显出六瓣花的外形，然后很快就融化了。所以，我在童年的时候，就认为雪花很美。

我用手抓水筲里的东西时，父亲从没责怪过我，总是温和地对我笑。父亲把水倒进院子里的水缸，水缸很大，父亲要挑满它。父亲挑完水，就赶紧推上自行车上班去。

父亲性子温，甚至有些弱。父亲幼年丧父，少年时每天早晨要停两节课帮奶奶去外村挑豆腐。长大后成家了，每天早晨还要挑出一天里家用的水，直到自来水管被引入院子。

父亲后来的那对水筲，不知哪里去了。但父亲挑水的情景我永远地记在了脑海里。

秋 花

母亲种了几盆花，都不名贵。母亲打理那些花的时候不多，因为母亲主要打理我们。

母亲种的花很皮实：指甲草、蝴蝶花、茉莉花、狗尾巴花。这些花不高，花盘不大，但好侍候，夏天很热闹地开花，一茬过去再一茬。母亲把这些花盆摆在窗台上，摆一排，显得这家很有生机。

母亲是个能干的女人。在家里，她是一个撑家的女人。在工厂，她是撑着一个车间的车间主任。她不苟言笑，不善言谈。在工厂，她推车，轮大锹。在家里，她操持一家六口的衣食。她做事很少跟人商量，实际上也没人和她商量，父亲性子弱，父亲家里又没个多余的亲人。她撑着这个家，应该很累。

母亲做事麻溜得很。她蒸馒头时，一会儿一屉就出锅了，一会儿就一盖帘了。她烙肉饼时，饼一会儿就摞得高高的了；她洗衣服时，一会儿就晾满衣绳。有时一根绳子不够，还要再搭一根；她做被子时，被里铺上，棉花铺上，被面铺上，一捯一压，然后一趟一趟针走过，一会儿被子做完了；她炸大盆的素丸子也超级快。

母亲这种性子的人，不适宜养名贵的花，所以母亲只养一些草花。

母亲有一年养了几盆白薯花，好像是五盆。白薯花开花很勤，从夏天就开始开，伸出一枝就有一个花骨朵，花骨朵从米粒小开始，逐渐就鼓胀起来，然后就开了。一朵接一朵，从没间断过。白薯花其实很好看。花盘大，花瓣多，花的颜色也多，红的、黄的、白的、紫的，五颜六色。但终归不名贵，也好养活，也就没人在意。几盆白薯花到了秋天，还在勤奋地开着。其他的花都枯败了，白薯花一点懈怠的意思都没有。秋意越来越浓时，母亲看白薯花没有败的意思，就把其他的花盆摆在了一起，准备来年再种。白薯花就摆在了自来水管的前面，摆一排。

那时，母亲已经开始忙着秋天的事情了：洗夏天的衣服。一大盆一大盆地洗。母亲的手浸在秋天凉凉的水里，冻得红通通的；拆洗过冬的棉衣，一件又一件，晒过冬的棉鞋，一双又一双。白薯花就在旁边没心没肺地开着，也不怕冷，陪着母亲。

秋意更浓后，早晚更冷了。早晨起来窗玻璃上开始有了窗花，地上也有了霜。水管的水放出来手一碰就想缩回去。母亲要腌咸菜了。大萝卜要洗，雪里蕻要洗，胡萝卜要洗。母亲的手浸在冷水里，一定很扎手。母亲的手仍然是红通通的。白薯花还在不管不顾地开，花瓣上有了霜，蜡染过似的，陪着母亲。

再大冷的时候，水管子怕冻裂了，缠上了麻绳。窗户上糊上了塑料布。门上挂上了棉帘子。早晨起来，玻璃上的窗花更多更美了。母亲储存了过冬的白菜，过冬的土豆，过冬的煤。那些花还摆在那里，奇怪的是还没死，还开着花，只不过那花蜡染的痕迹更浓了。

那些花是什么时候死的，我忘了。但我记住了那年秋天的那几盆白薯花，记住了母亲在那些秋花前的辛劳。

老人、春儿、小儿

一

石景山和门头沟接壤的地方有个村子，村子里有一条街叫南沟，南沟里有一个大院叫刘家大院。

刘家大院很大，占了多半条街。大院有三个门，北边、南边、东边各一个。北边这个门应该是正门，有门洞，有影碑，还有两个石头狮子。从这个门进去，右手边是一排四间坐西朝东的房子，房前种着一棵梧桐树，檐下种着几棵晚饭花。住在房子里的，是一个老人、一对中年夫妇和四个孩子。

老人得有七八十了。老人的装扮，还是老式的。头上戴着黑绒的帽子，帽子正前方缀着一颗绿色的翠。身上是大襟衣服。腿上打着绑腿，黑色的。三寸金莲上穿着锥子一样的小鞋。老人先前有个养子，养到二十多岁，死了。养子的儿子也死了。养子的媳妇，老人劝说着，改嫁了。老人四十岁时有了自己的儿子。四十五岁，老人的男人死了。四十六岁，老人开始卖豆腐。

老人六十六岁，儿子娶了媳妇。六十七岁，有了第一个孙女。七十岁，有了第二个孙女。七十三岁，有了第三个孙女。七十六岁，有了孙子。

　　颐养天年的岁数，老人的活计却不少。一天做三顿饭，还得照顾孙子、孙女。这样做一天，老人累不累呢？谁也不知道。人都说："老人有股子韧劲。"老人听了，就笑笑，什么也不说。

　　每天，老人是全院起得最早的一个。没有表，老人凭感觉。到点了，就睁眼了。冬天早晨黑，就点上灯，夏天早晨亮得早，就摸黑了。穿衣，穿裤子，打绑腿，穿鞋子，戴帽子。老人的动作很轻，她怕吵醒还在炕上睡着的春儿。春儿是她的第二个孙女，今年六岁。春儿和老人亲，和父母不亲。刚会磕磕绊绊地走，就不离开老人了。白天，老人出门，右手拄着拐棍，春儿就在左边拉着老人左手。两岁开始，春儿就把被子褥子搬到了老人屋里，和老人同吃同睡。

　　冬天的冷能把人打一个跟头，就是夏天的早晨，那种晨起的清冷也能浸到人的骨头里。老人进了厨房，开了灯，灯的瓦数不大，又常年被油烟熏着，那光就显得朦朦胧胧的。先捅开火。一会儿，烟囱里就冒出青烟。熬粥：棒子面粥、棒子馇儿粥、小米粥；烤窝头片、馒头片、红薯片；切咸菜：雪里蕻、小酱萝卜、咸菜疙瘩。都做完了，天还有些黑，小饭桌上摆好了饭，院子里的灯一盏一盏亮起来。

　　吃完饭，街上开始有了喧哗：车铃声、走路声、打招呼声……一切显得那么匆忙。春儿的父母推着车上班去了，春儿的大姐上学去了，春儿的三妹爱自己玩，小儿抱到了老人的屋里。小儿是老人的孙子、春儿的弟弟、家里唯一的男孩儿，父母疼，老人疼。

　　小儿还不会走，老人看起来力不从心了，是硬撑着照顾。春儿帮着老人一块看小儿。老人叫孙子"小儿"。春儿也跟着叫弟弟"小儿"。

老人家的房前有条夹道，土地，一年四季黑润润的。夹道走到中间往左手拐是里院，里院曲曲折折，很深。直着走一段，再往左拐，是后院。后院曲曲折折，也很深。老人和春儿爱在夹道上哄小儿。老人家有一辆竹车，是那种老式竹车，竹车设计得很周到：里有三块板，三块板撤去，小孩能在里面走，两边就是扶手。三块板两边两块，高低适合坐着。中间有两格，中间那块板放上面一格，这块板就成了一个桌面，中间那块板放下面一格，三块板就平了，成了一张小床，孩子可以在里面睡觉。把竹车放在梧桐树下，小儿放在竹车里。老人和春儿哄着小儿。

对面大奶奶家的房前有一小块自开的地，用竹竿围起来，竹竿上缠着喇叭花、丝瓜花的藤。春夏两季，藤上开满大朵红色喇叭花、黄色的丝瓜花。雨后，花会被打蔫，会有蜗牛伸出犄角在竹竿上爬。

上午的夹道一般很安静。天空总是很蓝，风也很好，尤其是秋天的风。春儿一会儿给小儿掐朵花，一会儿给小儿拔根草，逗着小儿。小儿总是咧着嘴笑。

十点左右，老人要给小儿做饭了："春儿，抱着小儿去看看火车。"

春儿答应着。

夹道走到头，往后院去又是一条长夹道，顺着夹道看去，能看到村头驶过的火车，火车隆隆的响声听得也很清楚。看火车是老人和春儿哄小儿的一种方式。

春儿把小竹车推到拐角，掀起中间那块板儿。春儿把双手放在小儿的腋窝处，使足劲儿往上一提，抱住小儿的上身，小儿的腿这时会磕绊在竹车的挡板上。

春儿抱着小儿看着村头的火车一列一列地驶过。老人在厨房里给小儿做饭。

饭做好了，老人和春儿给小儿喂饭，把小儿放在竹车里。老人的手抖了，端不了碗。春儿喂，一勺勺的。老人在旁边给小儿擦一下嘴，再擦一下嘴。两人配合默契。

夏天天热的时候，老人和春儿总给小儿洗澡。春儿说："奶奶，你看着，我准备。"春儿用大铁壶接了半壶水，里趔歪斜地提到火旁边，坐在火上。老人说："春儿，小心瞅着点。"春儿说："奶奶，我小心着呢。"春儿拿来一个大木盆、毛巾被、毛巾、香皂、痱子粉。老人坐在长条凳上看着小儿。春儿说："奶奶，我先往里舀凉水，再倒热水。"老人点点头。老人说："春儿，那个壶你端不动，我端。"春儿说："奶奶，我端得动，我小心着呢。"春儿把冒着热气的水壶端下来。春儿说："奶奶，我倒水，您试试。"春儿倒一点，停一下，老人用手摸一摸。春儿再倒。水好了，老人指挥着春儿，把小儿放进盆里。春儿说："奶奶，你别动，你坐那里，我给洗，你看着。"春儿给小儿洗，老人指挥。洗完了。老人和春儿一身汗。春儿把小儿抱到床上，两人给小儿抹上痱子粉，小儿看起来凉爽舒服。

中午简单地吃点饭，可以睡个午觉。

下午两三点钟，也可能是三四点钟时，小儿会睡醒，老人和春儿也跟着起来。三人仍然是在夹道里玩，下午的日光总显得悠闲而慵懒。再一会儿，西边能看到晚霞了，夹道上来来往往的人也多了，来往的人和老人打着招呼，老人该做晚饭了。

老人做饭，春儿跟在旁边。老人做的饭很好吃：做面，卤打得好；饼烙得软，因为面和得好；蒸的馒头，又白又暄；包的饺子，就是白菜帮子和大油渣儿的馅儿，也贼香。同样的面，老人能做出很多花样。

老人蒸馒头的时候，春儿会在一旁帮忙。一切准备就绪，就等馒头出锅的时候，老人会坐在厨房的长凳上休息休息，毕竟上了岁数，干点活儿就想歇会儿。春儿坐在一个矮凳子上，给老人捶腿。几十分钟后，馒头要起锅了。老人说："春儿，往后站，热气熏着。"春儿也怕奶奶熏着："奶奶，你小心，你小心。"馒头一个个被拣出来，屉拿下来，但剩下的一锅热水让两个人很为难。老人是端不动了，春儿也端不动。春儿说："奶奶，咱们先把水舀出来，再端下来。"老人说："春儿聪明，就这样。"春儿说："奶奶，你歇着，看我干。"奶奶说："春儿，奶奶来，你烫着。""奶奶，我行，你看着，我干。"春儿用一个小舀子一舀子一舀子往盆里舀。怕奶奶担心，春儿舀得可小心了，一点热水都不溅出来。

有时，春儿还跟着老人一起烙烙饼、蒸窝头、做面条。每当和面时，老人的金莲小脚戳在地上，炕沿上放着案板，案板上放着一个绿色的釉子盆，老人全部的力气放在手上用来揉面。那面会越来越劲道，老人的劲也要越来越大，身体一下一下往上提。更甚的是，有时还会有一滴晶莹的汗珠形成一个圆点凝结在鼻尖上，久久不掉。

多年以后，春儿想起老人，就会想起这画面，眼里也不禁涌满了泪。

老人只有晚上得闲儿。夏天的晚上，院里的大门洞是穿堂风，凉快，院里人爱聚在那里聊闲天。老人有时会出来，手里拿把扇子，先来的人就让坐："大奶奶，坐这儿，坐这儿。"老人必谦和地谢坐，然后，静静地坐着，听别人聊，很少插话。院里的人也不奇怪。老人一直是这个性情。年轻时日子顺，没在人前轻狂过。中年后日子悭吝，没在人前抱怨过。

老人不出门时，就在自己屋里坐着。老人的屋子不大，靠窗一盘炕，占了一大块地。靠墙一张长条桌，一张八仙桌。桌子都有年头了。老人进了屋，也不摘帽子。老人不躺着的时候，就坐在炕沿上，斜坐着，一条腿盘在炕上，一条腿斜搭着，手插在衣服的大襟里，像一幅剪影。屋里的窗户还是老式的，中间一块玻璃，四围是木头隔出的小方块。小方块上糊着窗户纸。老人坐着，眼睛的高度刚好可以对着玻璃。老人一直看着外面，其实外面什么也没有，只有一条窄过道和一堵墙。墙上长着草，春天草青了，冬天草黄了。

老人想什么呢？谁也不知道。老人不说，一辈子的事放在心里，什么也不说。

先前，老人有个伴——院里的李奶奶。隔上那么一段时间，她会去串串门。李奶奶的屋子，是和她的屋子差不多的一间，也小，也暗。李奶奶也穿着大襟的衣服，戴着黑绒帽。俩人日子过得都差不多，都不风光，性子也差不多。两个老太太坐在一起，从一个老式的坛子里抓出一把煮大芸豆，有大料的清香味，边吃边聊，就能聊上一会儿。大院就是个小世界，人情世故，几十年住下来，其实两个老太太什么都明白，只是在别人面前不发一言。两个老人一起说说笑笑，多大的事在她们眼里都淡了。这么聊上一回，她们心里能舒坦很久。

后来，李奶奶先走了。老人的身边就没个说体己话的人了，只有春儿陪在奶奶身边。

二

春儿在别人面前是个闷葫芦，就在老人面前话多。时间长了，春儿也渐渐有了老人的习性，什么事，只看不说。

老人每天早八点都要清扫屋子，掸、扫、擦，多年的习惯。隔两天，要打盆清水，洗茶盘、茶碗，洗塑料花，洗胆瓶。老人的屋子干净得水洗过一样。居委会的孟老太太，每月到院里贴卫生红旗。每次春儿家的门柱上都没有。春儿以前会问："奶奶，奶奶，咱们家收拾得多干净啊，怎么咱们家老贴不上那个卫生红旗呢？""奶奶，居委会的孟奶奶，就爱去隔壁大妈家。大妈家月月都能贴上红旗。"老人岔过话题，跟春儿说别的。

老人在大院里住了六十多年了。大院的事儿，她懂。大院是个表面和和气气，内里却满是心机算盘，人情世故如深潭般的世界。大院七八十户人家，都姓刘，都沾着点亲。但一家一户，过的日子，是不同的风光，不同的苦楚。

　　老人这一户，算是孤寒的了。这暗地的"冷"，也就经多了。这些事，老人不想让春儿过早地知道。但春儿后来好像明白了似的，再也没问过。只是隔两天，老人和春儿还是要打盆清水，洗茶盘、茶碗，洗塑料花，洗胆瓶。老人的屋子还是干净得像水洗过一样。

　　春儿和老人在一起，一老一小，不爱说话，她们领着一岁多的小儿，一年到头，做很多有意思的事。槐树花开了，一院子的香。她们钩下槐树花，洗净，裹面，炸成焦黄，是晚饭桌上的一道菜；夏天，在院子里用打来的青蒿编火绳；梧桐叶落了，削茄子皮，晒茄子皮；盆里的白薯花结霜了，开始腌菜，腌大萝卜，腌咸菜樱儿；雪花飘的时候，也临近春节了。蒸豆包，蒸年糕。豆馅儿不够，就用油炒棒子面加黑糖。春儿觉得老人很有智慧。

　　春儿有一次听院里的小伙伴说，后院的一间小偏房里住着一个疯女人，他们有时拿石头去打她的门。春儿回去跟老人说了。老人当时板起了脸："春儿，你不能这样。"第二天，老人端了一碗新蒸的白薯，叫着："春儿，小儿，跟我走，去送碗白薯。"春儿、小儿跟着老人来到那间偏房，屋里很黑，窄得无处下脚，也脏得无处下脚。床上，一个头发凌乱的女人抱着一个孩子。回来时，老人说："春儿，小儿，记住，人能做好事就做好事。"

三

　　老人七十七岁时，春儿上学了。春儿上学后，老人觉得身边缺点什么，心里空落落的。好在小儿能走了，好看了。快放学的时候，老人就拄着拐棍领着小儿来到学校门口，等春儿放学。春儿放学后看到老人，就会像只小鸟一样飞奔着过来。春儿一手搀着奶奶，一手领着小儿，三人走在村里的路上，开开心心。

老人总想替春儿做点什么。学校让上交死苍蝇，老人就拿着苍蝇拍打苍蝇，小儿也在一旁帮忙，死苍蝇打死后放进一个火柴盒里，春儿每次交的苍蝇数都是班里最多的；老师让交蓖麻籽儿。老人在河边挖了一棵蓖麻移种到厨房门口。老人说："小儿，每天给蓖麻浇碗水。"小儿每天中午就接一碗清水，浇在蓖麻的根部。蓖麻抽枝长叶，噌噌地往上蹿，都快高过厨房的房顶了，叶子一片一片，肥大繁密，过来过去的人都说："这棵蓖麻长得真好！没见过长得这么好的蓖麻！"夏天，蓖麻结籽儿了，结了很多。春儿交的蓖麻籽又是班里最多的。

春儿上学后特争气，学习最好，是少先队大队长，胳膊上挂着三道杠。每天上操，春儿要站在学校操场的领操台上带操。有时，老人就领着小儿走到学校的门口，看春儿在领操台上喊口令，做动作。小儿蹦着说："姐姐，姐姐。"老人说："小儿长大了要向姐姐学习，也上去带操。"

老人的心里甜甜的。

但春儿有一天放学回来却很蔫，不爱说话。老人问："春儿，怎么了？"春儿红着眼睛说："音乐老师批评我，我上课没说话，老师硬说我说了。"春儿是个好强的孩子，没有挨过老师的批评。音乐老师是本村的姑奶奶。老人一听，就不干了，硬拉着春儿，走到学校，走到校门口，截住校长，跟校长评理。校长认识老人。校长问明白原因后，安慰老人："老人家，别生气，回头我批评她。"

回去的路上，老人很高兴。老人一辈子老实巴交，没跟谁较过劲，这是头一次。老人心里很舒畅，为了春儿，老人什么都愿意做。

七月，生产队的苹果树挂果了。果子成熟了，红通通的，真诱人。学校组织学生到果园摘苹果，是义务劳动。苹果真多，春儿摘了一个又一个，手不闲着，春儿干活儿像奶奶，很利索。苹果摘完了，果园给每个学生发一个苹果，春儿很高兴。由于春儿表现好，老师又偷着奖给了春儿一个。老师给春儿的苹果是挑的，又大又红又艳，让人看了就想咬一口。苹果发到手，其他学生擦擦就吃了，要知道，农村孩子很少有零嘴吃，春儿却珍惜地将苹果放进军挎书包里。

春儿心里抓挠一样地盼到了放学。"奶奶，小儿。"春儿一进院就叫。奶奶在屋里"哎，哎"地答应着，小儿跟奶奶坐在炕上也"哎，哎"地答应着。春儿进到屋里，说："奶奶，你闭眼，你闭眼。"春儿挎着书包也上了炕，老人听话地闭上眼，嘴里说："这丫头，闭眼干吗？""奶奶，让你闭，你就闭，不许睁开。"春儿把书包摘下来，打开，拿出那两个苹果，一手一个，冲小儿眨眨眼，把苹果举到奶奶的鼻子前："奶奶，睁眼，看，苹果，你吃。"春儿把苹果往奶奶嘴边送。奶奶笑着说："哪儿来的？""我们去生产队摘苹果，一个人分一个，老师还奖励我一个。""奶奶，咱们有苹果吃了。"春儿挨着奶奶，把苹果放在奶奶嘴边，让奶奶吃第一口，让小儿吃第二口，奶奶让春儿吃，春儿咬了一小口。苹果在三个人中间，一小口一小口的，吃了很长时间才吃完。春儿看着奶奶笑了，奶奶也笑了，小儿轱辘着大眼睛看着两个人也笑了，笑得真甜。

被奖励的那个大苹果放在窗台上，她们没舍得吃，放着放着，最后就烂了。

四

老人八十三岁去世，那年春儿十二岁，小儿六岁。

老人曾说："一定要把小儿看到上学才能闭眼。"老人走的那年秋天，小儿正好上一年级。去世前，老人给春儿留下五元钱，那是老人早就积攒好的。老人走的时候，春儿没在身边，小儿在她的身边。老人很遗憾地看着门口，希望最后能看一眼春儿。那张五元钱后来被春儿的母亲要走了，家用了。

老人去世后，在春儿的母亲没有退休的日子里，一直是春儿带着小儿玩。买一根粉肠，春儿舍不得吃，全给小儿。得了糖果，春儿舍不得吃，没人的时候从兜里掏出来让小儿吃。

春儿长大后，无数次地想，那五元钱要留下来就好了。春儿后来看到苹果就会想起老人，看到各种点心也会想起老人。春儿想，老人要是能活到现在该多好啊！怎么也不能让老人缺了嘴走啊！想到这里，春儿的眼里就涌满了泪。

这个秋天

　　这个秋天，我不用像父亲一样，去商店买几张糊窗户纸。糊窗户纸是白的，带着浅黄的暗纹，纸不脆，有些绵软，表面看还有一层细绒，还没有糊上窗户，就让人感到温暖的气息。父亲到家后，院子里的风已经有些冷。母亲就让父亲把窗户糊上，而母亲就到厨房熬糨糊，父亲就在屋里按尺寸剪窗户纸。等到糨糊熬好了，父亲就登在凳子上，起开一个个按钉，摘下一块块绿色的窗纱，窗纱已经不像五月钉上时那样透亮，最上面有了一些浮土。然后，母亲在窗户纸上刷上糨糊，递给父亲，父亲一张一张地糊。那个下午，我们几个在屋里玩耍的孩子，心里无端地就有一种安全感。糊好的窗户，一下子让屋里显得有些亮，显得暖和了很多。想起几个中夜，被夜凉冻醒，一件一件扯起旁边的衣服盖在身上，这窗纸，在心里就成了遮蔽秋风的屏障，而糊窗的父母的身影就这样一年年印在我的心里，在如今每一年的秋天，仍然温暖着我。

　　这个秋天，我不用像母亲一样，一床一床拆洗过冬的棉被；一件一件拆洗过冬的棉衣；一双一双晾晒过冬的棉鞋。母亲对每一个温暖的秋阳都很珍惜，不放过任何一个天气晴好的休息日。母亲在那些贫穷的日子里，无法给我们的棉被、棉衣再絮上一层棉絮，母亲只能希求，在我们的棉被、棉衣上絮上一层层阳光。秋天的天空总显得那样的高远而明丽，秋天的风和阳光总让人感觉那样舒适。院子里，那些张大嘴的棉鞋一口一口吸纳着阳光，它们能读懂院子里那个一天总在忙碌的中年妇女的心思吗？不管是不是读懂了，它们在吸纳中蓬松了身子，最后，蓬松成一个温暖的小窝。这，就是母亲需要的。那些被子，那些棉衣呢？总被母亲的手铺展再铺展，拍打再拍打，翻晒再翻晒。它们能读懂院子里那个一天总在忙碌的中年妇女的心思吗？不管是不是读懂了，清风吹过，留一缕在被子上，秋阳晒过，絮温暖在棉花中，将脸扎在上面，你能感到暄和和舒适。这，就是母亲需要的。

这个秋天，我不用像父亲一样，一车车去推过冬的煤；这个秋天，我不用像母亲一样，一棵棵去搬过冬的菜；这个秋天，我不用像父亲一样，敲敲打打，用最细腻的一颗心去寻找哪怕是烟囱上最微小的一个洞；这个秋天，我不用像母亲一样，在冻手的凉水里洗好一盆盆大萝卜和雪里蕻，用冻手的凉水一遍遍刷洗腌咸菜的那口缸。母亲去捧那盆粗盐粒的手指，在我的记忆里，真像一根根红萝卜；这个秋天，我不用像父亲一样，细细地寻找能灌进风的窗缝，用胶带严严地将缝隙沾住；这个秋天，我不用像母亲一样，做一个厚厚的棉帘，挂在门上……

这个秋天，我什么都不用准备。

然而，不用准备的秋天，我能给我的儿子留下如我一样的记忆吗？我能让我的儿子，如我一样，记下童年冬天里幕天席地的寒冷，记下那幢透出昏黄灯光的小屋，记下很多很多吗？这些，我记着。而我，可以给我的儿子留下同样的记忆吗？

里院大妈走了

里院大妈走了。大院里的人家,搬的搬,走的走。暮年中的母亲,后来常来常往的,只有这个里院大妈。那次我回家,不见母亲。父亲说:"在里院你大妈那里。"我急着见母亲,就去那里找。曾经几进规整的院子,因为拆迁的消息,已经逼仄得不忍卒目。尽头的一间屋子,敞着门,灯光如豆,母亲坐在炕头,带着笑,正见里院大妈掀开锅盖,蒸汽氤氲里,嘘着手拣出一个团子,那句"淑琴,快尝尝,芹菜馅的",瞬间让我感动。两个暮年老人之间相互慰藉的情感,一时间让我情切不能自已。父亲说:"里院大妈走后,母亲傍晚时爱坐在街上的条石上。"母亲的寂寞,在父亲故作淡然的话语里,如千斤磐石般压向我。今天写下这段话,是为了祝福天堂里的里院大妈!今天写下这段话,是为了告诉自己要常回家看看。与母亲并排坐在街上的条石上,在已看不见远山,看不见夕阳的街里,陪母亲摇着蒲扇,说说从前。

抒情散文

河 流

我是一条上岸的鱼,灵魂系在一汪清水里。

一

这个夏天,我站在一条又一条干涸的河道前,想念水。

一条条河道,像一具具干裂的躯体,裸露的河床,诉说着对润泽的渴望。

黑色的淤泥一道道隆起,水生的植物郁郁葱葱,在曾经波光潋滟的水的世界里,衍生出一派绿色的辉煌。

没有水的河道,就像一条上岸的鱼,烈日下张着嘴,没有希望地呼吸,直至衰竭,直至渴死。

这个夏天,我在心里渴望一场大雨。空气中弥漫着焦渴的躁动,我像一个求雨师一样对天空抱着虔诚的态度。天空中一片突兀的乌云会让我欣喜,烈日炎阳下的一阵狂风一阵闷雷会让我涌起希望。当一场大雨如期而至时,我站在玻璃窗的后面,对着如注的雨水心存感谢。我希望这些雨水归泽归壑归夏日的荷塘,希望这些雨水复归河道,让大地上的每条河流再次丰盈。

每一场雨后，我都要来到家附近的那条河前，我充满希望地去，充满希望地想，这么多的雨水一定能让这条河流再次流动。然而我失望了。我看到了被雨水冲刷过的植物鲜亮明媚，倒伏的形状诉说着雨滴的猛烈，而肆意纵横的淤泥间，只有一滩滩死水僵在那里。那一刻，我有种想哭的欲望，水怎么能僵在那里死在那里？水应该是流动的、欢畅的。

没有水的大地，就像没有血脉的人的肌体，大地会死在那里。

二

童年，我是一条游弋在村庄河流里的小鱼。

村庄不是水乡，却充满了水的气息，有三条河流穿村庄而过，有一条河流流淌了半个村庄。我记着那四条河，从东到西，依次是永河、大河、灌溉庄稼的小河沟、永定河。那时，它们都丰盈，水流或急或缓，河道或宽或窄。它们都清澈，是鱼和虾的天堂，是水草繁衍生息的舞台。

我永远记得那些水，记得童年里和水触摸的无数个日子。用什么词可以形容我记忆中的水呢？清凉的？清澈的？飞溅出一串串水珠的？小鱼小虾纵情玩耍的天堂？用什么词可以形容我在水边的感觉呢？我记得夏日的清晨，启明星挂在东方，我在凝结着夜的露珠的空气里走向那条灌溉庄稼的小河沟。我记得我走在永河逼仄的河岸上，万家灯火被我甩在身后，暮色苍茫里，我揪下一枝风中的芦苇。那是我对美最早期最朦胧的认识。

我记得那些被水滋养过的土壤，记得在那些土壤中生长出的植物和庄稼。

被水滋养的土壤永远湿润肥沃，它们分布在村西头、村东头、村南头，它们以空阔辽远的势头包围着村庄，土地的气息细腻绵长。村西头的土地上有大片的果林，村南头的土地上有大片的麦田，村东头的土地上有大片的菜地。

童年的村庄就像一幅水墨画，朱红轻轻点却的是清明的一枝桃花，明黄赭黄浓浓淡淡渲染的是夏天的麦田，而绿色，是一碧万顷的菜地，是青青的草滩。大自然挥毫泼墨，水的气息迫人而来。

多少年后，当我在夏天的城市里穿行，空气中充斥着焦渴的味道，我的心里却流淌着一条河。是永河，可能是大河，也可能是灌溉庄稼的小河，抑或是永定河。它们一直都在那儿流淌，我甚至能听到哗哗的水声，甚至能在炎炎的空气里感受到飞溅在叶片上那几颗水珠的清凉。

三

我穿越五千多年的历史，寻找关于水的文字。

翻开中国最早的诗歌总集《诗经》，我看到了五千多年前流淌在中国大地上的河流："坎坎伐檀兮，置之河之干兮。河水清且涟漪，不稼不穑，胡取禾三百廛兮？"五千年前的河水，清澈且泛着粼粼的波纹。

南北朝的文字带着烽火而来，中国历史上离乱的一个朝代，政权的更迭，也同时意味着不间断的杀伐和屠戮。而水却仍然在一旁诗意地流淌，不染尘埃，不沾世事。它们流淌在陶弘景的《答谢中书书》里："高峰人云，清流见底。两岸石壁，五色交辉。"它们流淌在吴均的《与宋元思书》里："……水皆缥碧，千丈见底。游鱼细石，直视无碍……"

一千多年前的大唐帝都，一派繁华胜景，而一个叫柳宗元的诗人凄凉话别长安，踽踽南行，他走进永州幽奇雄险的山水里，写下的光耀后世的《永州八记》。它让永州的山水穿越一千多年的历史与我们相见："……下见小潭，水尤清冽……潭中鱼可百许头，皆若空游无所依……其中重洲小溪，澄潭浅渚，间厕曲折，平者深墨，峻者沸白……水平布其上，流若织文，响若操琴……"

明朝的袁宏道，携一篇《满井游记》而来，他告诉我明朝有一条这样的河，这条河在乍暖还寒的时候是这样的："……于时冰皮始解，波色乍明，鳞浪层层，清澈见底，晶晶然如镜之新开而冷光乍出于匣也……"

……

一个朝代又一个朝代的水，从不同的文字中翩然而来，它们曾有的清澈让我惊羡。历史的纷然淆乱丝毫没有扰乱水的本质，它们携带着纯净，穿越时空，走进二十世纪我们日益焦渴的心。

四

翻开一张中国水系地图，我的目光在一条条或粗或细的曲曲折折的线上逡巡，中国的七大水系，主脉支脉纵横延伸，走势蜿蜒，那是一条江或一条河。我看到了长江、黄河，它们在雄鸡的正中间，它们发源于洁净的雪山，东西绵延了大半个中国，最后流进了渤海和黄海。它们顺着平原的地势行走，千百年来以探询的姿态努力，冲刷出一条江或一条河，汇聚成一个湖，形成一片浩渺的水域。我看到水的旁边植被茂盛而葱茏，土地肥沃，人烟稠密。应该说，是水孕育了植被，是植被孕育了大地苍生，人是大地苍生的一分子。

这样想来，人应该与水相互依存。

古人择水而居，一瓢一担，适时而用，适度而取。

今人呢？我不忍看今天关于水的文字，关于水的报道，关于水的图片。

我对水有着无尽的惶恐。

五

四十年后，我再回到村庄，水已经从村庄消失。

我走到永定河的岸边，河床干裂，没有一丝水的痕迹，拉沙的车辆穿梭不息。我想起祖父的话，我的祖父是一个账房先生，他的语言透着古雅，他说："永定河夏日水胜，站在屋顶看那一片水域，一波推着一波，有吞天纳地的势头。"我想起父亲的话，我的父亲是一个工人，他的话里带着对往昔无尽的想念，他说："每到春秋，永定河边能看到各种迁徙的美丽水鸟儿。"我站在河岸旁，想起我童年时候的永定河，那时的永定河仍然有一脉清水迤逦流淌。

我拖着疲惫的双脚，辗转在我童年时的四条河流旁。我走到永河边，永河已经被盖上了盖，上边是长长的一条大堤。我走到灌溉庄稼的小河沟，小河沟早已被填平，上面盖上了房。我走到大河边，河床还保存着，但已是垃圾满目。

我在寻找中筋疲力尽。

我是一条上岸的鱼，灵魂系在一汪清水里。

草 滩

"小时候我很疯，你知道吗？"

坐在对面的朋友摇摇头。

——"想不出你疯的样子。"

一

草滩不只是一片平地，旁边还有一条大河。草滩上一年四季也不是只有草，还种着庄稼。

草滩上的庄稼很自由。没有人锄，没有人榜，也没有人浇。总之，除了春天，能看到几个人过来撒种，秋天，能看到几个人过来收获，其他时间它们都没有人过问。

过来收获的人，戴着麦秆编的草帽，在庄稼与庄稼的行间行走。他们收获的动作透着心不在焉，对一块没有下过心思的土地，他们对收成也没有太多计较。

由此看来，草滩更像是一块弃地。

然而草滩上的生命并没有理会这些。它们不在乎有没有人惦记，也不在乎有没有人打理。日子在这里，是悠长的，生命在这里，是自在的。天上的云，变幻出各种形状，但没有人欣赏，但云该怎样就怎样。鸟，想飞就飞一会儿，飞累了，就落下来。鱼，想游就游一会儿，游累了，就躲在水草下面。蝴蝶想停在这朵黄花上就停在这朵黄花上，想停在那朵粉花上就停在那朵粉花上，没有人会称赞它钟情，也没有人会斥责它花心。蜜蜂一直很勤劳。蜻蜓的种类也很多，大绿蜻蜓、红蜻蜓、黄蜻蜓……草丛里不知藏着多少双眼睛，那是一些小的昆虫，它们在不为人知的世界里出生、成长、相爱、死去。它们的生命和人的生命一样，具有尊严和意义。

野草茂盛得自在坦荡。谁也不知道那些种子是怎么来的，风刮来的？牛羊带过来的？顺着水流过来的？弄不清楚。反正，植物有植物的高招，落下了，就生根了，长成一片毛毛狗，或一片芨芨草，或一片小野菊，或一片黄花，或一片蒿子。春天，它们纷纷破土亮相。雨水好的时候，它们的长势也好。大旱的时候，它们就蔫头耷脑。一场大雨过后，它们又开始欣欣向荣起来。

我是草滩上唯一的一个人。不，不能说唯一，因为草滩上偶尔会出现一个扛着锄头走过的农民。然后就是春、秋两季，播种和收获的人。再然后，就是一个在大河的对岸开了一片自留地的中年男人。我只能说，我是草滩上最常见的一个人。如果草滩上的植物和动物都会说话，它们肯定会议论我，也可以说，它们都认识我。

二

我家离草滩很近。

　　我家的四合院里，住着我的奶奶、父亲母亲、我的大姐二姐、我和我的弟弟。我在家里的地位很尴尬。我的排行注定了我是容易被忽视的那一个，而事实也证明，我确实是被忽视的那一个。我在很小的时候，就习惯了冷落，习惯了对爱很理智，不奢求，很淡然。那实在不是一个小孩应该有的淡然。就是这份淡然，让我在成年之后，成了一个不敢接受爱，也不敢追求爱的人。我踽踽独行在自己的世界里，对爱与被爱保持着一份理智的疏离。我的母亲一定不了解这一切。而母亲也不需要了解这一切。所有的母亲都爱孩子，但不能保证所有的母亲都会爱孩子。对一个从小缺失母爱的孩子来说，千万不要在成年之后，跟母亲谈论这些，这无异于是在母亲的心口上捅上一刀。

　　我理解这一点，所以，我不说。

　　很多次，我安静地绕过抱着弟弟的母亲，离开家，离开四合院，不用跟谁打招呼，背后也绝对没有一双关注的眼睛。有时就在街上晃晃，有时去找个熟人，有时去到小河沟。而我最常去的，就是草滩。草滩是我一个人的天堂。

　　"小姑娘吗？小姑娘应该安安静静地在家里坐着。"那些小姑娘的母亲们看着我，目光不屑同时充满敌意。我借着她们的目光打量童年时的自己，头发乱而枯黄，穿着一双小绿凉鞋或小粉凉鞋，脏脏的，站在那里。"别跟那丫头玩儿，她太疯。"小姑娘的母亲们这样说我。

三

但我不介意。

有谁知道草滩对我的滋养呢?

四

不记得是哪一年,在草滩上,我认识了三棵小草朋友。我每天去看它们,掬一捧水浇灌在它们的根部,因为我的浇灌,在一大丛草的中间,它们显得异样的润泽鲜嫩。

现在,这么多年了,它们一直停留在我的记忆中。我曾经深深地凝视过它们,蹲在它们身边,用目光和它们做无声的交流。语言在那一刻显得多余,静谧是大自然的另一种语言,静谧让草的馨香徐徐散发出来。就是在那样的凝视中,我发现了草的美丽。就是在那样的凝视中,我发现了普通中的不平凡。草是不能放眼看的。放眼看草,你看不到一棵草的卓尔不凡。就像普通人跌进普通人中间,你只有细细品味,才能看到不同人身上不同的魅力。我至今记得那些草的叶子。每一片叶子都像被剪裁过一样,那样细致,那样优美。那边沿的小锯齿,排列得细密而整齐,沿着叶边缘伸展,形成圆形、心形、弧形、手掌形或扇形。那叶片上的主脉流畅如优美的线条,那叶片顶部的弧度美得让人不忍卒读。那真是一种令人震撼的美,令人迷恋的美。应该说,我对美最初的解读就来自于童年时对草的凝视。

后来，我特别想知道那三棵小草的名字，查了很多书，都没有查到。这也很正常，它们只是太普通的小草。但是，它们真的不值得记住吗？

后来，我不敢轻看很多东西。草的美丽，让我知道了美孕育在平凡中，高贵的心灵往往在贩夫走卒中隐藏。

我身边的那些普通人，那些底层人，他们的皱纹，他们黑红的脸膛，他们粗糙的手，他们对生活不屈不挠的隐忍，都让我心存敬意。

五

我还记得在草滩上追逐一只黑色大鸟的情景。

那一年庄稼地里种的是白薯。夏天，白薯藤叶茂盛，铺满了整个庄稼地，放眼望去，碧色连波，草滩犹如一块绿色的毯子。一天傍晚，我在草滩上还没有回家。突然，眼前茂密的藤叶开始晃动，正惊诧间，藤叶中扑棱棱飞出一只黑色的大鸟。它飞得很低，双翅缓缓地扇动，贴行在绿色的波浪中。那只大鸟体形硕大而优美，它的翅羽和尾羽上有一条白色的美丽条纹，它是那么的美，以至于我当时幼小的内心里全是惊诧和激动，以至于那一刻我竟然怀疑我看到的是一只"神鸟"，我就像追逐太阳的夸父一样开始追逐这只黑色的大鸟。黑色的大鸟在前面缓缓地飞，我在后面步履跟跄地追。旷野在眼前不断地延伸，背后是快要燃尽晚霞的天空。我离我熟悉的旷野越来越远，离村庄越来越远，暮色渐渐浓郁，风逐渐有些凄厉，那只大鸟还在飞，依旧是缓缓地飞，让我心存一种奢望。旷野到了尽头，河也到了拐弯处，一大片茫茫的水域呈现在眼前，对面是一片沙洲地，一片柳叶近乎诗意地婆娑在那里，水汽苍茫中，晕染出淡淡的碧色，犹如一幅水墨画一样。而那只大鸟，那只黑色的大鸟，缓缓地飞到对面的林中，不见了。我空望着眼前的河水，感觉一切像一场梦。背后的旷野开始有风呜咽地掠过。

多年以后，我还记得那一场梦一样的追逐，记得绿油油的一片白薯地，记得那只黑色的大鸟，记得我追逐它的步履匆忙而焦灼。

我记得那一瞬间的突兀，记得那瞬间的突兀给我带来的是怎样一种美的惊诧。

六

现在，我想说一说那个种地的中年男人。他差不多一年有三个季节会出现在草滩上，比我，只少了一个冬季。

而整个冬季，坚持去草滩的，只有我一个人。冬季的草滩是冷寂的。没了动物，没了植物，河水藏在了冰层下。空气冷冽而清新。我站在草滩上，暮色中，能看到远处萧疏的林子，看到未封冻的河面上苍然的水汽，看到一群群归鸦。傍晚的落日清冷而没有色彩，它凝固成了一个没有温度的素色的圆片，挂在西边的山头。那是一份特有的冬日景色，它封存在了我的记忆里。长大后我喜欢看中国古人的山水画，唐朝的、宋朝的、元朝的，我能从那些山水画中找到我印象中的冬日草滩。

冬日的冷寂过后，春天来了，那个种地的中年男人也来了。他在河的对岸开辟了一块地，一块不大的地。河的对岸散种着几棵白杨，他的土地，因为要绕开那些白杨，就显得很不规整。

他不爱说话，草滩上也没人说话，草滩是一片无声的世界，人的语言在这里很多余。草滩更适合思想。他弯着腰，用铁锹翻开冰冻了一冬的土地，泥土已经潮湿而绵软，散发着浓烈的泥土芳香。他翻捡完土地后就会停下来，默默地点一袋烟，望着眼前的河水，从他的脸上什么也看不出来。接下来，他过上了日出而作、日落而息的日子，撒种、间苗、浇水、搭架子、薅草……一个农人怎样诚实地面对一块土地，从他身上，我就知道了。

其实我认识他，他是我同学的父亲。他一定也认识我，知道我是村里哪家的闺女。但我们在草滩上什么也不说。我们流连在这个世界里，于无声中默默地与土地交流，与植物交流，与河水交流，与那些飞着的或趴着的昆虫交流。直到村头的大喇叭开始晚间播音：

……天边飘过故乡的云，它不停地向我召唤，当身边的微风轻轻吹起，有个声音在对我呼唤——归来吧，归来哟，浪迹天涯的游子，归来吧，归来哟，别再四处漂泊……

这是费翔的《故乡的云》。暮色里，鸟归巢，人归家，牛羊归圈马归棚。费翔说他想回家了。我，站在草滩上，被歌声感动着。晚霞退去了，炊烟升起了，瓦屋里的灯亮了，我也要回家了。那个种地的中年男人也在收拾农具，他也要回家了。种地的中年男人从他的自留地中走出来，我也从一片黄花中走出，如果我们碰面了，我们就互相点点头。我们都回望了一下草滩，草滩已经沉隐在深深的暮色中，费翔的歌声还在回旋。然后，我们就各自走上了回家的路。

七

2011年，我站在曾经的草滩前，悼念那些消逝了的植物、水和空气。草滩消逝于城市对土地的无休止地掠夺。面前的一切，凌乱得让人不忍瞩目。水泥的板子铺在了曾经的河床上，草滩上盖满了房子。

土地已经被水泥掩盖住了。我看到了一棵树，一棵老树，它被挤在两排房子的夹道里，枝枝杈杈都透着局促，不能纵情伸展。我还记得它童年时的模样，树干笔直，枝叶青葱，纵横在无垠的空间里，一幅青春少年的模样。我给老树照了一张照片。照片上的老树让我听到了一种呐喊，那是被挤占的植物和动物的呐喊。

致消逝的村庄

——很久以前的以前，我能说出很多村庄的名字，那时，它们还都在。

——很久以后的以后，我仍能说出很多村庄的名字，但是，它们已经成为历史。

一

从门头沟的高架桥上一路向东，过了永定河，就进入了石景山地界。右手边，一个村庄在落日的余晖里静静趴伏着，陈旧、杂乱、没有任何章法，那就是我的村庄——马玉村。

三十多年前，我还是中学生。每天我都要走好远的路才能到我的学校。冬天的一个晚上，彤云密布，云层好像垂到了树梢。我从村外的学校往家走，拐过了一个铁道口，经过了一片白杨树，然后又走上了一个小缓坡，暮色中，我看到了我的村庄。群山低低俯就，温情地望着我的村庄，小村庄暖融融的，甜蜜蜜的，静卧在那里。我望着河汊上缥缈的水汽，望着旷野上萧疏的林子，望着一间间的瓦屋里亮着的灯光。我知道，有一个院子的门为我敞着，屋里点上了灯，炉子上做着菜，那是我的家。

二十多年前，我离开村庄，成为远嫁的新娘。接我的婚车沿着村路行驶，每一条河流都泛着清波，每一片林木都青葱如少年，每一寸土壤都发酵着激情，我的村庄美如江南。

十多年前，我回家探望我的父母，我一条街一条巷一条石板路地走，我像一个找不到来路也找不到去路的路盲者。我无可奈何地看着我江南水乡般的村庄一点一点被榨干了曾经淋漓的水汽，草木无神，泥土扬沙，河道上是飘起又飘落的垃圾，一条又一条洁净的柏油路不再安静而优雅。

今天，马玉村的老屋里还住着我的父母。母亲说："马玉村的水管里已经快流不出水了。"父亲说："进村的道路又窄了，下次进村，不要开车，否则倒不出去。"

我的村庄，在等待消失的过程中变得残破。

二

我曾经目睹了一个村庄的消逝。那是一个城中村，差不多有三年的时间，我每天早晚要穿过那个村庄，上班、回家。我在差不多早七点的时候从一条河边拐进那个村庄，听到鸡的叫声，听到狗的吠声，看到惺忪睡眼的主妇穿着睡衣出来，粉色的喇叭花上滚着露珠，秫秸花在谁家的院门口正开得热闹，一切还都是村庄的模样。我在差不多晚五点的时候会从一条繁华的街上拐进那个村庄，看见狗在街头溜达，看见老汉赶着羊回家，落日在远处的西山正喷薄出最后的光芒，晚上的好时光挂在每个街头人的脸上，一切还都是村庄的模样。

一切来得那么突然，离去的脚步透着决绝，没有一丝回望的目光留给村庄。一切喧嚣过后，残垣断瓦中唯有树孤独地站立在那里。

但我相信，总有一天，会有一丝来自村庄的温情，直抵我们的内心。

人其实只是大地上的一株植物，村庄以最适应的方式聚敛了土壤、植物和风。村庄是柔软的。村庄的一切好，都会在我们失去村庄后，一点点体会出来。有一天，我们会经常地想到村庄，我们会在硬的、冷的心的世界中腾出一块地方，放置温存，放置我们失去的村庄。

三

我现在住的地方临着一条街，在临街的玻璃窗前，我能看到一棵老树。它突兀地站立在路的中间，水泥砖砌出六角的石栏围住它的根部。它两侧的柏油路车流如梭，喧嚣让夜晚的星辰也退避三舍。

老树站立的位置曾经是一个村庄的村头，它在那里站立了有几百年的时光，从青年到壮年再到暮年。它看着这个村庄的繁衍生息，它与村庄已融为一体。村庄消逝的时候，老树因为年头久远，得以在故土上留存。

但故土，还如旧吗？

现在的老树，春天仍会发出新芽，夏天开满细碎的白花。秋天，风炫舞起满树的落叶时，那些落叶已经无法委身于泥土，零落成泥，化作养料再滋润来年的生机，只会被坚硬的水泥路所阻挡。

谁也不知道这棵老树会不会感到孤寂，谁也没有兴趣去了解一棵老树的心事，好像只是一夜之间，一直依存的老屋、石井、青石路都不见了。突然周围齐刷刷盖起了楼房，车的鸣叫声和夜晚的霓虹代替了曾经的虫声、蛙鸣、鸟啼以及长风掠过树梢的声音。

老树会痛吗？有很多时候，我想上前去抚摸一下老树那斑驳干裂的树干，把耳朵贴上去，倾听一下它的心声。

四

数年以前，我们曾经都是村庄的村民。

有很多叫得上名字的村庄曾经顺时针分布在我们村庄的周围，村庄和村庄的界限可能是一条沟渠、一片菜地、一条河流、一片高高的白杨树。这些村庄的外围还是村庄，一个村庄过后是另一个村庄。那时，世界是以村庄的形式向外延展的，大地上除了树木河流就是庄稼。

那时候，夏天的雨水一场接一场。雨水过后，草的长势就好，它们绵延铺展一直伸向远山，没有更高的建筑物影响我们的视线，我们能很轻易地看到遥远旷野上的一棵、两棵孤独的白杨。风在村庄的上空显得很惬意，无遮无拦，变换着不同的身形，打着弯儿，滚着滚儿。春天绵软，冬天呼啸，冗长的夏日午后，拂过一家的门洞，又掀起另一家的草帘。河流里的水一直很充沛很清澈，那些水走过一个村庄，又沿着河道向另一个村庄而去。

在村庄的日子里，我们有很多的游戏可以做。那些游戏，至今被我们津津乐道。比如夏天的夜晚，躺在场院上的麦秸堆上，看着萤火虫犹如星星般忽隐忽现。比如冬天的雪后，用笸箩逮一只饿瘦的小麻雀……

村庄里住着我们的很多亲人。上了岁数的人把我们定义为某某家的外孙女、外孙子，某某家的孙女、孙子。在村庄的日子里，我们的身份很少被定义为自己，我们的身份被定义为与村庄千丝万缕的联系中。

有一天，我们离开村庄，或者我们的村庄消逝，我们发现，在村庄的外面，我们熟悉每一个村庄里面的人。我们跟他们打招呼，在彼此叫不上名字的交谈中，我们有着没有隔阂的亲密。在离开村庄之后，我们发现，我们是亲人。

五

村庄一个个地消逝着，变成了一片没有归属感的住宅楼、商业区、高架桥、水泥路。

我们是一代失去村庄的人。我们不像那些外地来的打工者，他们遥远的村庄还伫立在地球上的某个地方，即使家园残破，即使土地荒芜，但村庄还在，他们还有回家的目标和方向。

　　我们是一代失去村庄的人。我们在钢筋和水泥铸造的世界里彷徨。每个傍晚，我们只能从高楼林立的缝隙里看到那一抹残阳，生硬的线条切割着曾经优雅的落日景象，再也看不见一幅完整的连绵起伏的群山画面，和群山上被渲染得如梦如幻的晚霞。

　　村庄的风水滋养了我们，会有无数个晚上，我们在梦境中仿佛又回到了自己的村庄。那些消失了的村庄，最终成为我们心中的故乡。

大院里的陈年旧事

石景山和门头沟接壤的地方有个村子，叫麻峪村。

麻峪村是个老村儿，元代时期就有。村儿里有一个大院叫刘家大院。我的整个童年都是在刘家大院度过的。

现在，我记不起我童年的模样。想来不是很好看，也不惹人喜欢，不是很整洁，嘴儿也不甜。我从记忆中大人们对我的态度就能推测得出来。

但我不在意。大院是一个微缩的世界，草木那么多，天空那么蓝，雨后的蜗牛在墙上爬，黑天牛爱停在榆树上，喇叭花在秋天还开个没完没了……这一切，比什么都吸引我。我在长出一簇野花的墙根下蹲下身，抚摸一棵老槐树沧桑的树干，一面影碑遮住了一处院落，一片杂树的林子里窸窸窣窣发出令人惊恐又令人想象的声音……这一切，比什么都吸引我。

走进去，容易迷路

长大后，我有时会想，还有没有一个普通民宅的院落，能像刘家大院那么大？

　　整个大院是封闭的，一段围墙、一户宅院的院墙，一处屋宇的后墙，连接起来，将大院封闭成自己的一个世界。村子里有一条从北到南的街，叫南沟，大院占了南沟的多半条街。村子里还有一条从东到西的街，叫东街，大院也占了东街的多半条街。如果能从空中俯视，整个大院应该是个近似的四边形，里面鳞次栉比，院落套着院落，房间挨着房间。大院有三个门，东边、南边、西边各一个。西边这个门应该是正门，有门洞，有影碑，还有两个石头狮子。东边这个门挨着村口。南边这个门，出去后，是一大片庄稼地和一大片菜地。

　　大院很深，第一次走进去的人，容易迷路。你会发现，走在曲曲折折的夹道上，忽而是规整的一个小四合院，忽而是小院子里套着另外一个小院子，忽而是高台阶上的老式屋子，忽而是低矮的石头墙上长着经年的灌木杂草，忽而是没人管理的一块荒地上种满了树，忽而是一条小水沟绕在一户人家的院墙流动……

　　有一次，我跟隔壁的二哥聊天。二哥说："咱们的祖上是山西人，村头有一棵大槐树。"我若有所思地点点头。后来看了明朝帝王的一些轶事，才知道，我的祖先可能就来自明朝时的那次大迁徙。

　　山西的乔家大院、王家大院闻名于世，而刘家大院的建筑格局，也是很讲究的。

　　现在想来，大奶奶家住的院子一定是正院。那所院子，四四方方，规规整整，气宇轩昂。正房坐北朝南，东西两边是厢房，有一个月亮门，上面的青砖镂雕着花鸟。不幸的是，大奶奶家在我小时候，就已经落魄了，在整个大院里，落魄的程度和我家差不多。

但据说他家的祖上是地主。

　　我家的房子挨着西边这个大门，一溜四间，坐西朝东。父亲说这几间房以前是马夫住的，这让我猜测我的祖上在大院里的地位不会很尊贵。这也让我不得不想起了《红楼梦》。小时候看《红楼梦》，一直以为，那峥嵘轩峻的厅殿楼阁里，住的都是钟鸣鼎食人家。长大了，就明白了，一个大家族里的旁系偏支，往往更多，他们住在厅殿楼阁延伸出的偏院后街，过的是小民小户平常的烟火日子。

　　每一户有每一户的位置，尊崇与低微，没有痕迹，但自在人心。这是我在大院住了二十多年后，最深的体会。

　　连接一间间房子，一个个宅院，一户户人家的，是一条夹道。夹道很窄，由土铺成，一年一年，人们踩来踩去，也就踩硬了。夏天的雨水渗到土里，土的颜色也变黑了。夏天走在夹道上，蝉叫，风不来，树叶不动，但土是微润而黑的，不显得躁。

　　夹道上，除了落下脚印，也随着季节，落下花，落下叶。泡桐开花了，过几天就会落下泡桐花。榆钱绿了，过几天满夹道落的都是榆钱。树叶从夏天就开始黄，开始落，有的叶子还是绿的，也早早离开了树枝。秋天更是蔚为壮观，风一刮，夹道里叶子被裹挟着扬起落下。夹道上有时还能看到绿色的大肉虫、黑色的蚰蜒。麻雀有时一两只，有时四五只，有时十几只，在夹道上又蹦又跳，叽叽喳喳。

　　夹道的两侧是墙根。墙，有石头墙，有砖墙。有的墙根处抹上了水泥，有的就任由石头、砖裸露着。因为泥土的湿，墙根处从春天起就不断地滋出野草、野花。夏日午后悠长，院子呈现出一派祥和寂静景象，但墙根处却蜂飞蝶舞，一派热闹。

我熟悉大院里的每一条夹道，我每天都在上面走来走去。如果有一天，我可以捡起我童年所有的脚印，我想大院里的脚印就够我拣一阵子的了。穿着凉鞋的脚印，穿着布鞋的脚印，穿着棉鞋的脚印，那些脚印一点一点长大，有的地方脚印多些，有的地方脚印少些，也有的地方，没有留下我一个脚印。

大院里的植物们

无树不成宅。

刘家大院里，植物好像生来就长在它应该长的地方。一棵泡桐，一棵槐树，几棵榆树，两棵枣树，四五棵柿子树……这些树要么长在夹道的一侧，要么从哪个小院的一堵围墙里探出，要么配合着几扇木门窗一岁一枯荣……我出生的时候，它们就种在那里，我结婚离开大院时，它们还长在那里。二十多年的光阴足可以改变一个人的容颜，但树的改变却是缓慢而不动声色的。它们是什么时候种下的，我不知道，估计也没有人知道，农村人随手种下一棵树，是太自然不过的事情，也可能是早有这个打算，也可能就是某天突然而来的一个想法。一个家族的大事情有很多，比如升迁、生子、婚嫁，这都是值得大张旗鼓的事情，相对于种下一棵树，就显得微不足道了。

这些树都有各自的主人家，长在公用的夹道上，也有主人，长在几家合住的院落里，也有主人。树不爱张扬，如果恰巧赶上它的主人也是个闷嘴的葫芦，树的归属在一些小辈人那里就是影影绰绰的事了。挂果的树还好，秋天，一树红彤彤的枣子让人馋涎欲滴，某天，碧空如洗，一缕秋风在院子里怡然地翻动着谁家的竹帘，你会看到邻居家的二哥登着梯子抻枝摘枣，然后你会有种恍然大悟的感觉，原来这棵公道上的枣树是二哥家的。

古人语：前人栽树，后人乘凉。这话说得真好。夏天的午后，大院里的老人们午睡过后，就会聚拢到哪棵大树下，树木聚风，多热的天，在树荫下一坐，凉意就来了。老奶奶家门口有一棵大槐树，树干粗得两三个人伸着胳膊才能围起来，树荫能遮出一大片阴凉。那棵树夏天是个聚人气的地方，或上午，或午后，一圈人围在树下，老奶奶给这个拿个凳子，给那个拿把扇子，纳鞋底子的如果恰巧线不够了，老奶奶忙把自己家的针线笸箩拿出来，哄小孩的老人推着竹车也坐在其中，也有择菜的，也有挑米虫的……日光透过浓密的叶子筛下细密的光线，一天的时光很快就过去了。

上了年纪的人更注重树的实用性，比如乘凉、挂果、长成一架柁或一根椽子、冬天的树下拣一些干树枝当柴烧。少年的情思却更多的系在繁花树影里，系在夏雨秋风后的花开叶落中。

我家的院子曾经种过一棵槐树，因为有腻虫，不几年后被砍了。槐树五月开花，花色洁白，花香清雅。有槐树那几年，我家的院子里还种了一棵夹竹桃，夹竹桃花开粉色，很美艳。月夜下观花观树，月光如缱绻的情人的目光，我坐在院子里，安静得像个木雕。那时候我学习上没有什么压力，有大把的时间可以去留意身边能感动自己的一些事物，没有未来横亘在我的追求里，平常日子里最普通的一点美好足可以解除大院冗长日子里的乏味。

那时候，我正爱着唐诗宋词。隔壁大妈家院子里，种着一棵泡桐，树冠正好罩着我家门口的夹道。泡桐树四五月份开花，花浅紫，形状像个小酒盅。泡桐树开花的时候，也正是春雨最密的时候，春雨如游丝，软软的，细细的，泡桐花一朵一朵落下来，一朵一朵在夹道上零落成泥。在"为赋新词强说愁"的年龄里，我进进出出地看着地上的落花，为落花洒泪也是常有的事情。

但大院里的树，不是每一棵都有卓然的姿态。有好几处，都是以群体的姿态，藏在我的记忆里。

里院大妈家房子旁边就有一块地，长期荒着。里面种着榆树、槐树、柿子树、桃树、柳树……树很杂，显得一幅没有营养的样子。树中间还有一些灌木杂草。那块空地终日阴湿阴湿的，树荫浓，光照少。一堵泥墙，看着能洇出水，长满绿色的苔藓。据说里面有蛇，传得很邪乎，就更没人敢进去了。春天里，几棵纤弱的桃树开出浅白的桃花，是一年里最亮眼的几天。

树们，荫庇着一所宅院的风水。树长得好，这里的风水就好。树有生气，一个院子就生机勃勃。树，聚拢生命。夏天的蝉爱停在榆树干上。梧桐树叶上有绿色的青虫。枣花能引来蜜蜂和蝴蝶。也能看到天牛，看到七星瓢虫，看到喜鹊在树上搭窝，看到麻雀在树间四季的身影。

当然，树更能聚拢我们这些小屁孩。捉迷藏、玩枪战、逮萤火虫、拣落在地上的黑枣，童年里哪样游戏也离不开那些树。

除了树，大院里的主妇们还爱种花。走在院子里，如果你看到一口倒扣的破缸上葳蕤着绿色，看到一垛乱砖前摆着串红，看到水泥的窗台上一溜儿的蝴蝶花、指甲草、死不了，看到竹竿上攀着喇叭花，看到厨房前种着一排秫秸花，你会不会觉得，花草中绵延出一种过日子的心劲儿，会不会觉得小户人家的日子也能过出一份丰腴。

往事如烟

我的回忆一大部分都是关于大院的。它们大多模模糊糊，有的仿佛只剩下了一个轮廓，轮廓里都是恍恍惚惚的影子，仿佛随时都能被风吹散，好在从来也没有散过。

大院的第一代可能来自山西洪洞的大槐树，什么情形下选择了大院这块地方安顿下来，我们已经不得而知。

大院就像一棵繁衍生息的树。我们前院的四户人家，我家、大妈家、老奶奶家、二哥家，就像是一根枝上长出的四个杈儿。相比较后院或其他院的人家，我们四户的关系要更亲密些。

大妈家住在我家的隔壁。大妈，总让我想起《红楼梦》中的贾母。她一头银发，脸上的老年斑也掩不住肤色的细腻和白皙。夏天经常穿白色的确良衫子，黑色的确良宽松裤，然后手拿一把蒲扇缓慢地摇。她和一群老太太坐一起，有大户女主的范儿。据说，大妈的公公做过县长。这个信息无人证实，但我心里确信它是真的。我还是小屁孩的时候，进过大妈的房间。大块青砖铺地，青砖上弥漫着时光留下的潮痕，夏天一室的荫凉。两扇雕花的隔扇将房间隔成里外两间，外间八仙桌上摆着两盆玉石做的花，里间是雕花木床，眼前的一切，都诠释着大户人家一种残余的富丽。大妈子孙兴旺，有两个女儿两个儿子。两个儿子娶的都是工人。大儿子又生了两个闺女一个儿子，二儿子生了一个闺女。

老奶奶家住在大妈家的隔壁。老奶奶是老式妇女，裹小脚，不上班，爱说话。但老奶奶的丈夫，我叫他大爷，是工厂的干部。他们家的日子好像不难过。老奶奶家有三女两男共五个孩子。我们管他的大女儿叫花姑。花姑好像很早就到唐山那边的一个工厂上班了，也嫁到了那边，我们很少见到她。花姑长得很秀气，笑起来很甜，她叠的纸花篮特别精致。

二哥家挨着老奶奶家，夫妇两个，一个在工厂，一个在粮店。两个孩子，一个女儿，一个儿子，女儿的腿自小有毛病。

四户人家中，我们家的日子最寒薄。爷爷早逝，父亲是独子，我们是农民户口。那个年代，农民户口处处要比居民户口低一头。我们这一支，链条可能最先断裂在爷爷那里。据说爷爷是个账房先生，写得一手好毛笔字，挣的钱吃穿用度不愁。但爷爷最后抽上了大烟。一处的断裂就意味着后世几代的挣扎，所以，每一代人就算不为自己，为了后代都不应该懈怠。

大院里曲曲折折，还住着很多户人家。日出日落，大院上演着无数情景剧。

有些回忆至今令我刻骨铭心，比如卫生红旗。有很长一段时间，我家的姐妹三人都对街道每月一评的卫生红旗抱着殷切的希望。我们把桌上的茶盘擦得干干净净，把地扫得水洗过一般，把被子叠得四棱八角。在每一个贴卫生红旗的日子里，我们三个都隆重地站在院子里，幻想着那个姓孟的街道干部给我家的水泥柱上也贴上卫生红旗。但我们的努力，换来的是每一次希望的落空，我们无可奈何地看着那个姓孟的街道干部在隔壁大妈家的门楣上贴上一面大大的红旗。直至我们姐妹三个再也不对卫生红旗抱有希望，世态炎凉用这种方式在我们内心深处镌刻下第一道痕迹，然后是第二道、第三道，直到我们的内心筑起了足以抵挡这种疼痛的坚硬。卫生红旗每月贴在固定的那几户人家的门上，那种血色的鲜红，深入我的骨髓，让我在成年之后仍然对各种荣誉不敢染指。

　　也有很美好的记忆，让旧日大院的时光充满了感性。秋天某个休息日的清晨，女人们最先出来，互相打着招呼，在各户门前的夹道上，一天的忙碌开始了。打竹帘、挑米虫、做棉衣、洗被子、腌咸菜、晒干菜，各忙各的，偶尔你帮我一下，我帮你一下。她们累吗？可能真的不累！你看她们的脸上，都带着笑，嘴里说着各种小道消息，不避人的，就声音大点，说高兴了，还嘎嘎乐上一阵子，避人的，就小点声，脑袋都往中间一个地方伸着，有时还要起身，都凑到中间，说几句再回到自己的位置，接着忙手上的活儿。女人们在做这些事的时候，一个院子都充满了家的温馨。

　　这时，男人们显得都很乖，配合着女人们，他们也出屋，要不修修自己自行车的车链子；要不把冬天要用的火炉抬出来，扫一扫，清一清；要不和上一盆水泥，把哪堵墙上的破皮抹一抹；要不站成一个圈，说说国家大事。男人们在做这些事情的时候，一个院子都充满了家的安全。

　　孩子们也早跑出来了，在大人的中间追逐嬉闹。此刻，母亲们洗衣服的大盆清水里映着蓝天白云，挂在绳子上的被单、衣服散发着肥皂的香气，风掀动着竹帘啪啪作响。大人们的声音此起彼伏。我在追逐中停下脚步，看隔壁的大爷在一丛牵牛花下整理他的信，那些信铺天盖地摊在地上。我看到了信封上的邮票，每一张都色彩艳丽，每一张都雍容华贵：站在云端舒广袖的美丽嫦娥、大朵大朵怒放的牡丹、绽开斑斓尾羽的孔雀……

　　邮票上的亮丽，持久地点燃着一个少年在寒薄岁月里对饱满的一种渴求。

　　后来，我们陆续搬出了刘家大院。尤其是女孩子们，像擎着一柄蒲公英的小伞，到别处扎下了根。一天，我在家附近的街上遇到大妈家的二姐，二姐还是那么热情，周身散发着政工干部的爽快气质。我们聊起了大院里的人，竟是那样的亲切。我想，也许我们来自不同的分支，但我们的身上毕竟有源自同一个祖先的血脉。

　　母亲去世后，我去了刘家的祖坟。它在一个山谷里，林木茂盛，一块一块石碑后是一个又一个坟茔。母亲的坟是座新坟。我逆溯而上，踩着落满叶子的土路，一排又一排石碑走过，寻找我们的第一位祖先。整片祖坟像大雁的翅膀，我看到第一块碑第一座坟茔，这就是领头雁了。我在坟前肃穆地站立着，冥冥之中，我竟觉得我的祖先们还在地下呼吸着。

在城市的夹缝中寻找田园

一

　　顺着一棵匍匐于地面的倭瓜秧，我看到了那个点豆撒种的人，看到了一个普通得不能再普通的中年男人。他应该是一楼的住户。此刻，他正在一门心思地对付着窗根下的一小块土地，尽管那块土地是那样的逼仄，但他干得很卖劲。他终于站起身，拿起搭在肩上的毛巾擦擦汗。他规整的那块土地不到两平方米，但是，他认真地在上面种上了一垄葱，一垄韭菜，甚至在旁边还种上了一棵野茉莉。

　　他让我想起了我的舅舅。舅舅住的小区后面有一座小山，六十多岁时，他在山上开了一片地。从此，他跟打了鸡血一样，浑身上下有使不完的劲儿。他骑着破旧的二八自行车到周边没有被拆迁的村庄里，找羊拉的粪，马拉的粪。他到园林苗圃跟人套近乎，讨回来枣树、柿子树的小苗。他每天一身脏兮兮的工作服，又是土又是泥，但他很高兴。在小园子建成的第三年，他请我上山去看他的小园子，我没想到在一片石头荆棘棵子中，他能整饬出这样一个美不胜收的小园子。他说："人离开土地不行啊！人应该多侍弄侍弄土地！"舅舅早年是农业社的社员，上楼后，他心里没着没落，脚踩不着地，手摸不着土，他做梦都是他侍弄过的那些庄稼。

舅舅的心思是不是代表了很多人的心思？随着时间的流逝，我看到越来越多对土地情有所钟的人，上了岁数的人有，刚过中年的也有。他们的目光在小区里犄角旮旯的地方逡巡，只要发现一块被忽视的土地荒芜在那里，即使上面堆满了碎砖烂瓦，他们对土地的情结也会迅速被点燃起来。

我家楼后有一片被废弃了两三年的土地，后来被一对老夫妇种上了玉米和架豆。那些玉米和架豆让我想起了农村时的好时光，那对老夫妇侍候那些玉米和架豆时的样子让我想起了很多年前我周围的农民，那块原本堆着钢筋石块的芜杂土地因为有了玉米和架豆顿时就有了无限生机。

是的，在貌似城市的路上行走，如果你足够的留意，你会不断地发现一些边边角角的土地上，葳蕤着一些别样的植物。一棵枣树、几棵玉米、一垄小葱、一小片苏子树、几棵香椿……如果哪天凑巧，你会看到植物后面的那些人，在车水马龙喧嚣的城市缝隙里，你还会看到那些人目光中的虔诚。

二

一般来说，我更喜欢这样的植物，它们没有经过人工的修剪，种子埋进土壤了，就破土而出，在春风里没心没肺地长，一片叶子跟着一片叶子，一朵花跟着一朵花，能长多高就长多高，长得随性而不拘谨。在无人问津的情况下，长成了天然的模样，反而让我念念不忘。

我原来的学校，在一个不是很繁华的地方，隔一条路，是一片新的开发区。挨着路边，一溜儿青砖的墙围起几栋青砖的房。我不知道里面是个什么机构，但总是很安静，很少能见到人。春天，蔷薇的藤爬满临街的墙，整整一墙，先是绿色的墙，后来就变成了花墙。从来不见人整理，也不见什么人骚扰，只有蝴蝶蜜蜂在那些花上乱飞，那些花就从初蕾一直开到荼蘼，开过整整一个初夏，开得很野。

我离开那所学校后，很多事情都忘记了，唯有那堵花墙，年年春天都在我心里开。

还有很多这样的植物，在城市的各个角落，一年一年，看在我眼里，开在我心上。

新学校门口，某一堵墙一个犄角，是谁，种下了几棵鬼子姜？枝，高高低低，花，疏疏落落。秋风渐起，黄花俨然。

无人整饬过的植物，反而有无限的风姿。

三

陶渊明的菊花仍然开着！

我有时经常想，那会是怎样的一片菊花呢？黄色的？白色的？观赏菊？普通菊？我认为，不管是什么样的菊花，一定有着和陶渊明同样的性情，不做作，不矫饰。

一生五次出仕，却不堪吏职。脱离官场束缚后，陶渊明用春天的新枝围成一道篱笆，一大片菊花开得正好。瘦削的诗人在菊花丛中采菊，诗人把采下的菊花兜在他的长衫里，那一朵朵鲜嫩的菊花触碰着诗人易感的内心，诗人抬起头，夕阳西下，远处的南山，晚霞一片妖娆。

诗人的内心是喜悦的，脱口而出："采菊东篱下，悠然见南山。"从此，这句诗携着这片菊花，就一直开着，它开过了整个南北朝，开到了唐朝。

唐朝，李白看到了那片菊花，并从中摘下一朵。他说："安能摧眉折腰事权贵，使我不得开心颜。"再后来，杜甫看到了那片菊花，白居易看到了那片菊花。

宋朝是一个文人的时代，这片菊花滋养了无数的文豪，他们在这片菊花旁逡巡，这片菊花的明媚，一次又一次照亮了在现实的碰撞中晦暗的心。

陶渊明的菊花开过了明清，开过了民国，开到了现在，还会一直开下去！

四

长成一棵不受限制的树，开出一束自然烂漫的花，不受世故强权的桎梏，我认为，这就叫田园。

草

　　草，淹没在了草丛中。但我凝视过一棵草，凝视过一棵草上的一片叶子。开始是偶然，后来就成了经常。再后来，我的脑海中就出现了一个句子：草，是一朵一朵绿色的花。

　　我无法用语言来形容一棵草或一棵草上一片叶子的美。有很多次，我将赞美的文字落在纸上，但不满意，修改，再修改，但终于还是不满意，最终划去。我只能在优雅的叶子前迷惑，只能说，相对于自然缔造的神奇，我的语言是贫乏的。

　　但我庆幸，我的目光还不麻木。有多少美，是在我们的漠视中，自行地凋零。

　　品咂草，让我发现了大众中的美，发现了普通中的卓尔不凡。

　　世上，还有草一样的人。

　　他们，就生活在我的周围，生活在我熟悉或不熟悉的城市里，生活在我熟悉或不熟悉的乡村里，或者生活在我至今也不知道的一个角落里。他们应该和我一样，没有显赫的家世，没有背景，没有靠山，从事着一份太过普通的职业。他们融入社会中，就像水滴入河中，沙掉进土里，草淹没在草丛中。

　　在无人知晓的日子里，人性的诸般美德，正在他或她的身上，在他们或她们中间，如鲜花般地绽放着。

前几天，我一直在看一个节目，类似于"360行，行行出状元"这样一个节目。比赛设计的项目很难。比如，用吊车起啤酒盖等。出场的人一律普通，不是俊男美女。只是在操作中，他们笃定的目光，他们脸上尽显出的王者气概，让人不由得不心生赞叹。平凡的职业，在他们神乎其神的演绎下，竟散发出奇异的魅力。我从他们身上看到了美。他们，是大众中的美丽者。

后来，我在网上看到了"感动中国小人物"的一些内容。他们都是掩藏在普通人中的普通人。"寒风中卖报的八十岁老妪""5年来坚持照顾傻哥哥的重庆小姑娘""代人买彩票中500万大奖归还原主的无名人""独自深山办学22年的徐云铃"……

善良、自立、坚韧、诚实、奉献、博爱……他们于平凡中诠释着人性之美。他们，是大众中的美丽者。

草，和草一样的人，和草一样的物，是静美，是内敛的美，是不招摇的美。他们，于含蓄中吐纳芳香，润泽万物。他们，有大美而不言。

树是秋天的花

经历一场寒潮，一次突然而至的降温，一夜浸骨的冷霜，树却绽放了。

树叶里的红色素、黄色素、橙色素、胡萝卜素……诸多的色素，于春夏的沉潜之后，在骤然的寒冷中，次第显现，五彩斑斓，争奇斗艳，绝不逊于春夏的花。

有谁不爱秋天的树？不爱秋天树的色彩？万山红遍，层林尽染。这是山，这是林。红，红艳似火，酡红如醉；黄，明丽娇艳，灼灼悦目；还有那半黄半绿的，半黄半赤的；还有那综合了好几种色彩的：柿红、朱红、金黄、古铜、赭色……诸多的颜色，让你说不出，让你认不得。

就像一个木讷的女孩，树，在春夏，普通、含蓄；在秋天，却做了风情万种的新嫁娘。严寒，做了它的媒婆。

在秋天的树下流连，我突然想起一些人，一些如树一样的人。当生命中的寒潮来临，他们褪去曾经的素色，一层层，展现着生命内在的美质。

我想起《哈利·波特》的作者——英国女作家罗琳。有一段时间，她没有工作、离异、栖身在一间没有暖气的小公寓里、靠微薄的失业救济金养活自己和女儿。这是她生命中最艰难的一段日子，而正是这一段日子，她带着女儿，到附近的一家咖啡馆里写作，写出了风靡一时的《哈利·波特》，显示了自己卓越的文学才华。

我想起了凡·高。他生命的上空，好像从没有过明媚的阳光。一生穷困潦倒、画作无人认可。然而，正是这长久没有边沿的坎坷，催动他一生不遗余力地追求艺术。他的艺术之花在他死后绽放，那是一朵光芒万丈、耀眼夺目的艺术之花，无人企及。生命的寒潮越长，这朵艺术之花绽放得越加灿烂。

我又想起了很多如我一样的普通人。病痛、失业、贫穷，生命的寒潮来临，他们不退缩、傲然而立、坚韧、拼搏，绽放出一朵朵璀璨的人性之花。

希望花

站在教室的窗前，我能很清楚地看到校园里的那几丛迎春。正是冬将去未去、春将至未至的时日，源于对春的渴望，我知道最先报春的就是这几丛迎春，所以，我会一天几次特意站在窗前，细细地用目光探寻迎春一丝一毫的变化。

没几日我就发现，迎春枯瘠的枝条爆出了芽孢，小米粒般的。渐渐的，芽孢丰盈起来了，红色的。芽孢胀得仿佛要爆裂开了。我知道，花要开了。

我很想看到第一朵绽放的迎春。于是，课余闲暇，我就急忙跑到迎春前，一枝一枝地看。

终于，在三月中旬的一个上午，我惊喜地看到，有两朵并肩的迎春开了。

多美的两朵花！像两张含羞的笑脸。那六片鹅黄的、稚嫩的，仿佛少女的脸吹弹可破的娇媚花瓣，在料峭的风中微微颤动，越发地让人怜爱。

多美的两朵花！像两支希望的号角，于残冬将尽未尽之际，吹开了春的序幕。此时，远山未着色，近水未放歌，旷野之上，一定还有凛冽的风呼啸而过。然而，我却仿佛看到蓬蓬勃勃绿色的小草；看到飘摇在春风里鹅黄的柳枝；看到后面接二连三要绽放的春花：四月的蔷薇、五月的桃花、六月的姹紫嫣红，蜂飞蝶舞，一团的热闹。

真是"寒潮未尽东风浅，枝头嫩黄先报春！"我吟咏着自创的诗句，在花前久久流连。

绵延在历史中的馨香

大觉寺的四宜堂内，种着一株名动京城的古玉兰，相传是清代迦陵禅师从四川带来，亲手植下的。今年四月初的一天，我应着花季，来到大觉寺，走进四宜堂。院内，两株白玉兰一左一右，枝柯遒劲，但花朵却不像想象中的繁盛。两株玉兰略有不同。一株花瓣纯白，如玉般洁净。一株花瓣细瘦，底部晕染着淡淡的粉色，花开似蝶。可能因为远避尘嚣，可能因为历史久远，两株玉兰都呈现出一种婉丽绝俗的气质，这种气质是城区的玉兰没有的。闭上眼，玉兰花的馨香弥散在整个四宜堂内。

听说迦陵禅师的舍利塔就在寺内，经人指点，我沿着石阶往上走，来到了一座覆钵式白塔下，一松一柏簇拥白塔，松柏郁郁青青。

此时周遭静穆，唯有山风拂过，山花寂寂开放。

眼前是迦陵禅师的舍利塔，下面是史料记载中他亲手种植的玉兰。一人，一花，人已去，花还在。一时间我竟有些恍惚，历史在我的眼前凝成一条线，世事零乱，人间几度轮回，唯玉兰花仍然冰清玉洁。

多少年前，禅师是否能想到他随手栽种的一棵花，能在几百年后繁衍出一个花期。春日融融，多少看花人踩着花开的日子走进寺院，又有多少人是因为这株花，从汗牛充栋的陈旧卷宗里，寻出一个禅师的身影来。据记载，迦陵禅师一生跌宕起伏。贵气时，与后来当上皇帝的雍正相知相交。运去后，一箪一瓢，浪迹隐居。

突然从心底生出一种感慨：活着的人和逝去的人，生之光阴里，哪一种行为可以有因缘结果？

一定是可以惠及后代子孙的！挖一口井，给后人甘醇；雕一扇木门，将精湛的工艺一脉千年；种一棵花树，穿越流年，弥散出历史的香气。

由相片想到的

一个人就是一个世界。他独有的身体，独有的器官，独有的思想，独有的智慧，独有的情感体验，独有的性格特征构成了他自己的一个小世界。所以，人往往爱沉浸在自己的小世界里，犯自恋的毛病。

我就很自恋。

记得我十二三岁的时候，关注自己的容貌到了不可理喻的程度。最主要的表现就是对照相的态度。那时候照相，扭捏作态不说，快门按下的一瞬间头总会快速低下，留下的是青春期欲说还休的自卑心理。对容貌美丽的渴求体现在每一次照相后对照片的恐惧，总设想着自己照片中丑到极点的样子，总以为别人对自己会指指点点。最可笑的一次，是取相片时，竟恐惧到不敢当着洗相片人的面检查一遍相片，匆匆付过钱，小偷般地惶惶而逃，直到坐上车，下定决心似的从纸袋中取出相片，看到相片中一个个不认识的人，才发现自己拿错了。那次，二姐就在旁边，二姐认为我可笑至极。后来，说不清是哪一天，我就突然开悟了，因为发现每个人看照片时关注的都是自己，别人的美丑关自己何事？于是，积存多年的心结一下子开释了。后来，就再也没有为照片问题有过心病。其实，说心里话，现在看自己青春期的照片还是很秀丽可人的，唯有的遗憾是没有一张是仰着头露出灿烂笑容的。

那天，在单位的饭厅里吃饭，我又听到有关照片的一段话。是毕业照片上三位老师的一段话。

德育主任说："妈呀，我第一眼就看到了我那条大粗腿，跟大象腿没什么两样。"

张老师说："可不是，我就看到了我那张胖脸，我数了数好像有三个下巴。"

杜老师说："我那一脸的疙瘩最引人注目。"

我听了，哑然失笑。

看来，这是三位还没有开悟的老师。

其实，德育主任在我看来体态是多么的颀长优美。张老师是年轻美丽的。杜老师下巴上的那点疙瘩怎么能掩饰住她那秀丽的脸所散发出的魅力呢？

我们烦恼，源于我们太过关注自己。我们是自己的中心，我们就以为我们也是别人的中心，甚至我们以为我们是世界的中心。所有的目光都在关注着我们，关注着我们每一次的失误，每一次的失败。我们以为我们伤痕累累的样子暴露在大庭广众之下，像个太阳一样被万人瞩目。我们怕我们伤痕累累的样子被万人瞩目，我们想象着别人在津津有味地欣赏着我们的伤痕，欣赏着我们的痛苦。其实，世界上的每一个人都在忙不迭地顾着自己，就像你我，谁也没有闲情逸致总关注别人。所以，让我们把生活中的每一个痛都想明白，这个痛是它本身就有这个分量的痛，还是因为你我想象的叠加而增加了它的痛感。如果想明白了，我们会发现，生活原本应该有更多的内容是美丽的、轻松的、无忧无虑的、无拘无束的，且让我们放开心扉去享受生活本来的精彩吧！

他给我讲的故事

坐在我面前的，是我的一个学生家长。

见到他之前，我知道他是一个公司的经理。见到他之后，我就有一种强烈的感觉，这个男人的身上一定有故事，他的阅历使他的周身散发出一种特有的成熟魅力。

我们相谈甚是投机，于是在谈完他的孩子后，谈兴未尽的他不知顺了一个什么话茬，就谈到了他自己。

十年之前，他受不了家乡的贫穷，来到北京，他在一个建筑队干着最苦的活儿。但他聪明，有魄力，他的转机就起源于他的一次大胆出击。那时，北京人家在装修房间的墙面时，开始流行一种叫彩喷的工艺，因为刚流行，会的人并不多。一次，他们的老板接了一个活儿，里面就包括彩喷墙面这一项。老板拿着材料，拿着产品说明书，问他手底下的人谁会，没有人吭声，确实也没有人会，包括他。但他敢举手，敢大声说"我会"，当着那么多人，他把自己逼得没有退路。那一个晚上，他一宿没睡，一个字一个字地读着产品说明书，一遍一遍地琢磨，终于，东方亮起的时候，他琢磨出了整个工艺的操作方法。

他受到了老板的重视，开始有了一些小钱。然后他组了几个人，也成立了一个装修公司。惨淡经营几个月后，他接了一个活儿：为一个二层小楼做防水。那是一个急得不能再急的活儿，没有哪家公司愿意做。他却意识到，这是一个打开他们公司局面的好机会。为了赶工程，他三天三夜基本没合眼，为了保质量，在一道道特别窄的缝隙中，他是用手将泥子一道道磨了进去。

　　他就这样慢慢发达起来。他说，他知道自己身上有一股狠劲。其实，正是这股狠劲促使他在哪儿都可以站住脚。

　　男人在叙述时表情平静，但我却感受到了一种韧劲儿。我看着他，当时只想到一句话，这样的人是一定会成功的。

古人推窗，能看到什么

某天，我读到一副古人写的锦联：吟馀搁笔听啼鸟，读罢推窗数落花。上联倒还罢了，下联只觉满眼生机，饶有趣味。仿佛看到布袍的书生，推开木窗，春光迎面而来，书生童心未泯，一朵一朵数起风中的落花。

清代袁枚有一首诗就叫《推窗》，诗有四句：连宵风雨恶，蓬户不轻开。山似相思久，推窗扑面来。连日风雨终歇，诗人推开窗，雨后如黛的青山，仿佛相思已久的恋人，扑面而来。

数落花，看青山，后人的目光在泛黄的纸页间逡巡，窗扉敞开处，但见生机无限。

"久坐不知香在室，推窗时有蝶飞来。""要看银山拍大浪，推窗放入大江来。""推窗窥月色，竹外一枝开。""推窗送远目，依依烟树开。""开轩面场圃，把酒话桑麻。"彩蝶、大江、梅花、远树、场圃……一扇窗，犹如一个画框，里面四季风物，俨然笔墨。

一千多年前，杜甫从草堂的木窗捕捉到一幅美景：浣花溪畔早春图。杜甫欣然吟出："两个黄鹂鸣翠柳，一行白鹭上青天。窗含西岭千秋雪，门泊东吴万里船。"一扇窗，成就了一首千古绝句。

　　船上也有窗，叫"篷"。古人行舟水上，有"推篷云月里，髣髴看衢州。""疑有夜吟人，推篷落枫叶。""推篷何处舟，孤山夜来雪。"的句子。

　　推开一扇窗，捕捉到的是自然的馈赠。

小小说

为你低眉

小学学校在一座山的下面，有一个时期全民种树，山上种满了黄栌红枫，每到秋天树叶红红黄黄，斑斓得仿佛画家笔下的一幅油画。

女孩儿走进这所学校时，还是花一样的年龄，马尾辫高高束起，棉衫素裙也掩饰不住华彩熠熠的青春风采。她蹦蹦跳跳的目光扫过教学楼后的小山，山上还是葱茏一片。

女孩儿见到的第一位校领导就是他，三十多岁，儒生风范，当女孩儿清澈的目光和一双温厚深邃的目光相遇时，女孩儿心里如沐春风。

女孩儿就在这所学校里开始了她的教学生涯，她年轻的经历如同后山上那条不染尘埃的清泉水。女孩儿的家在山的另一面，每天，她从学校的后门出去，走一段山径，过一个山中的茶社，拐一个弯儿，就看见自家的那个小区了。女孩儿的父母是早年知青，留在外地再没回来，外地还有女孩儿的一个弟弟，外地的那个家完整得没有女孩儿的位置。女孩儿和奶奶相依为命。奶奶说："云啊，好好干，在外面吃点亏就吃点亏，学着把课讲好，以后奶奶没了，你就只能依靠自己了。"女孩儿的小名叫云。说完这话，一滴浊泪从老人干涸的眼眶滴出。

女孩儿记住了奶奶的话。女孩儿教一年级小学生数学。她每天心无旁骛，除了上课，就是在办公室里备课、做教具，她经常拿一张纸贴在窗玻璃上，勾出小鱼的轮廓，勾出小鸟的轮廓，勾出花朵的轮廓，勾出向日葵的轮廓，她把它们剪下来，花花绿绿地贴在教室的黑板上，给孩子们讲数学知识。

日复一日，山上的红枫红了，黄栌黄了，淙淙铮铮的溪流有了凝重的味道，女孩儿走在山径上，来来往往已经三个月了。这期间，女孩儿很少能看到他。女孩儿的办公室在一楼，领导的办公室在二楼。有时不期然地见到他，女孩儿会把这个过程处理得礼貌而妥帖。办公室里，经常听到老师们在谈论他，老师们都叫他校长，而且叫得心悦诚服。他们说着他的那些精彩往事，并不时地伴随着啧啧的赞叹声。他们说，他前程远大。但这一切，跟女孩儿又有什么关系呢？

一天，女孩儿拿着一堆的教具学具走过教学楼一楼的大厅，双手突然不负重荷，搂抱的教具稀里哗啦撒了一地，各种模型在一楼大厅四处散开。女孩儿一瞬间的不知所措正被走下二楼的他撞见，他二话不说，赶紧帮女孩儿捡散落到地上的教具。第二天，他找到女孩儿，手里拿着一个藤编的小篮儿，他的目光深邃温厚，他笑着说："再有学具就放在小篮里，好拿。"他的笑真好看，如阳光般温暖，这种温暖除奶奶之外还没有人给过女孩儿，女孩儿突然觉得不能承重，她低下头，羞涩如一朵莲，心湖的涟漪一圈圈荡开。

冬天，雪一场接着一场。走在落满白雪的山径上，满目琼花玉树，女孩儿的心里却有别样的期盼。在校门口迎接老师、学生的他，每到这样的天气，总不忘对走进校门的女孩儿说："路上滑不滑？要小心。"他的声音诚恳而富有磁性，每次听到这句话，女孩儿心里都会笑，她仰起头，觉得落下的每一片雪花都像是春天的花瓣。

春天来了，女孩儿第一次听他的课，是坐在一个角落里，听课的人挤满整个会议室，他们来自五湖四海。一屋子的人没有一点声音，所有人的情感都随着他抑扬顿挫的声音起起落落，中国文字的魅力在他的诠释下得到了最大程度的张扬。

女孩儿的目光自始至终没有离开讲台上的他，脑海里一幕幕闪现出他的那些被人传说的精彩。其实，女孩儿看过他出版的教育书籍，看过他编写的国家级的教参教材，看过他写的教育散文，女孩儿从小就喜欢文字，当女孩儿的目光掠过那些精美的文字时，女孩儿心里的震撼无以言说。

坐在角落里的女孩儿，突然觉得自己和这份精彩隔着一道深不可测的沟壑。

七月，孩子们放暑假了，校园里瞬间静寂了下来。紫薇在校园里兀自开得热闹，他将一份正式聘书交到女孩儿的手里，告诉她："你做得很好！"女孩儿同时得到一个任务，准备一节课，参加十月份的青年教师评优课。整个七月，女孩儿将自己关在小屋里，一遍遍地备课。那双深邃温厚的目光会猝不及防地出现在她的眉间心上，连同一些让人温暖的细节。一个月亮很圆的晚上，女孩儿再也克制不住想见他的冲动，给他打了一个电话。电话里，女孩婉转地请求校长帮自己看看教学设计，女孩儿将地点定在了山径旁的那间茶社，茶社有一个好听的名字叫"草木人"。在茶社一间小小的木质茶室里，女孩儿见到了他。他一如既往地给她阳光般的感觉，问她假期过得可好，问她课备得怎么样了，告诉她别有太大的精神压力。女孩儿刻骨的思念在他阳光般的注视下化解得无影无踪，她拿出自己的教学设计，请他过目。他真的很认真，教学设计里的每一句话都字斟句酌，甚至到每一幅插图，每一个背景的设计，教学设计上一会儿就密密麻麻写满了他遒劲的小字，他专注的目光再一次让她心动。他告诉她，当年为了一个教学设计，他是如何背着一书包沉重的书往返于编辑部和图书大厦之间，在那架标注着语言文字的图书前，他看了一天又一天。为了教学设计中的一幅图，他有可能要查上百幅图，说到这里时，他的眼圈明显泛红。女孩无来由地有些心疼，她也因此明白，所有的成功背后都有着无人知晓的痛苦磨砺。

那天，在月亮的清辉里，女孩儿和他安静作别。

再开学，因为讲课，女孩儿和他有了一些交集：为她的插图上画上几个精美的小雨滴，争论设计中的某一个设问，预设可能出现的一些问题……这种对细节的打磨，让女孩佩服，也同时让女孩儿的那节青评课有了千锤百炼出深山后的从容。

课讲完了，一切也恢复了常态，他每天有很多事情要做，比如引一条山泉水进校做成喷泉，比如设计一个大型的活动给孩子们搭建起盛大的舞台……女孩儿仍然很少能看到他，有时不期然地遇到他，女孩儿已经不能处理得礼貌而妥帖，低下眉头匆匆从他身边绕过，女孩儿能感觉他目光中的疑问。雨雪天气，女孩儿仍然能得到来自他的问候："路上滑不滑？要小心。"他的声音仍然诚恳而富有磁性，看她的目光仍然温厚而深邃，只是女孩儿已失去了往昔的从容。

想他的时候，女孩儿会走到校园里，看看他的窗户。他外出讲课学习的时候，女孩儿会站在一楼第一间教室的第一扇窗户前，静静地等着他的身影走出教学楼，目送他走过校园里的那几棵樱花树，然后看着他的背影渐渐消失在路的尽头。

一些老旧的诗句联袂而至，每一首都仿佛在写她："此情无计可消除，才下眉头，又上心头。""如何让你遇见我／在我最美丽的时刻／为这／我已在佛前求了五百年"……

无力排遣的时候，女孩儿有时会走上山径。等到了霜叶红于二月花的日子，女孩儿会摘下一枚鲜红欲滴的枫叶。女孩儿回到自己的小屋里，红叶题诗，是浪漫？还是多情？女孩儿在枫叶上一笔一画地写下了一首诗：昔年鹊桥日，邀约在茶社。灯黄照暗壁，欲语复低眉。不敢示真意，唯将话转移。相别语淡淡，河汉双星会。日久心局促，天长情戚戚。楼前有桃李，春来发华滋。蜂飞桃花红，蝶舞李花白。愿学蜂蝶儿，爱慕频绕花。

女孩儿把那枚枫叶夹在书里，女孩儿会时不时地拿出那枚枫叶，读一读自己的心事。脑海中也会旋即浮现出深深镌刻的一幕：他一手拉着他娟秀文静的妻子一手拉着他活泼可爱的女儿，走在校园渐重的暮色中。

这样的日子持续了很久，一年？两年？校园里的紫薇开了一季又一季，山上的红枫红了一次又一次，女孩儿在情感的漩涡里消磨了太多的精力。直到有一天，他随机听了她一节课，从他沉默的表情中，女孩儿看到了失望，如当头一声棒喝，女孩儿到了梦醒时分。

又是一个月亮很圆的晚上，女孩儿又来到那间木质的小茶室，一个人安静地坐着，将往事从头到尾整理了一遍。女孩儿突然意识到：这些年，与其说是爱上他，不如说是爱上他身上的美好，爱上他曾经给予她的温暖。爱而不能的时候，不如修身，让自己变得更加美好，这也许是对一份爱的最大尊重。

晚上，女孩儿在本上重新规划了自己的未来。

这一年的期末，他接到了调令，到更高一级的单位工作。所有的老师聚在楼前，给他送行，他跟每一个人握手告别。到了女孩跟前，他深深地看了女孩儿一眼，那一刻女孩儿相信，她曾经的情感，他解读得一览无余。他的手握住女孩儿的手，目光如最初温厚而深邃，他说："霜重路滑的时候，要慢慢走。"女孩儿粲然一笑，目光里是一派纯净安宁。

磨　官

那一年是 1930 年。

柳村,是永定河边的一个村庄,有几百户人家。秋天,庄稼割了,地净了,村边的永定河,水势也小了。庄户人也有几天闲工夫,洗洗涮涮,喂喂自己的牲口,收拾收拾自己的农具。院子里、路边,晒着新打下来的粮食。阳光暖暖的,粮食的味道让人心里乐开花。晒好的新粮,一般会卖给合盛永,那是村里的一家粮店。

合盛永在柳村的西街。西街是柳村最热闹的一条街了。一条不宽的青砖路,两边是一排排的店铺。除了合盛永,还有杂货店、冯家肉铺、木匠铺、铁匠铺、刘家麻豆腐店。真应了那句话:麻雀虽小,五脏俱全。

合盛永的掌柜叫王兴发,河北清河县人,人和善,经常周济四邻百姓,会经商。柳村是个老村,积年平整下来一大片一大片的水田旱田,麦秋两季,能打很多粮食。王兴发收粮价钱公道,村里人打下的粮食都爱卖给他,他再磨面出售。

合盛永里的伙计跟王兴发不是沾亲就是老乡。有个二掌柜,是王兴发的老乡;有一个售货的,是王兴发的亲戚;有个账房先生,人称铁算盘,他能看出收进的小麦一石能磨出多少斤面粉,一石玉米能磨出多少斤玉米；只有一个推磨的小工是后来的。那年隆冬，天特冷，水一泼到地上就冻上了，家家屋檐下都挂着大冰柱子。一天下午，彤云密布，雪纷纷扬扬就下了起来，下了一天一夜，天亮时，天空还是沉沉的，雪扯絮般从天空飘下来，丝毫没有停的意思。村民都在家里待着，街上阒然无人。合盛永的铺子里，几个人就着炉火聊闲天。突然铺门被撞开，一股寒气夹带着雪花扑进来，跟着雪花跌进来一个人，进来就歪那儿了。他身上的棉衣露着棉花，脚上的鞋也露着脚趾，头上缠着一条破围巾。几个人过去连抬再拽，给他抬到一个单人铺上，喂了热汤。那人渐渐缓了过来，慢慢睁开眼，一双眸子竟漆亮如墨。几个围着的人只觉心里一震，细瞅，眉清目秀，是个年轻人。

年轻人后来留在了合盛永，住在后院，每天把牲口套在石磨上磨面粉，大家都叫他"磨官"。他勤恳能干，力气很大，一盘石磨，他搬上搬下很轻松。"磨官"不爱说话。谁也不知道他叫什么，从哪里来，以前是做什么的……"磨官"白天从不出门，街上的人都不认识他。

柳村的附近，有一座铁厂。村里有一些人在铁厂干活儿。日本人进了北京后，铁厂就被日本人接管了。炼出的铁，给日本人做了武器。

可能是因为炼铁的任务重，铁厂的日本鬼子很少到柳村来。来了就是明抢明夺，他们带着枪，谁敢惹？好在他们不常来。

腊八那天的柳村还是很热闹的。村里人要敬佛、祭神、吃腊八粥、泡腊八蒜。祭的神是谷神。用纸秸杆扎成的车马模型放在粪堆上，放上灯火求来年五谷丰登。而吃腊八粥要在太阳出来之前吃完。

腊八这天的西街，人来人往。合盛永里，售货的售货，算账的算账，"磨官"在后院磨着面粉。

突然，嘶喊声从街的东头传到街的西头，一路而来，女人凄厉的声音夹杂在中间，让人不由得心里发紧，想看个究竟。铺子里的人小心翼翼地来到门口，探出头看。街上，一个小媳妇在前边跑，明显已经没有力气了，脚下的步子是乱的，头发也是乱的，后面跟着三个日本兵，手里拿着刺刀，脸上肆无忌惮地一副垂涎样子。

小媳妇的脚步软了，被什么一绊，摔在那里。一个岁数大点的日本兵狂笑着，伸手薅起小媳妇，臭烘烘的嘴就往小媳妇的脸上凑去。小媳妇就像一只无助的小羊落在了狼的手里，脸上失了颜色。围观的人敢怒不敢言。

王兴发越众而出。他拱着手，脸上堆满了笑，说："长官，长官，到我小店里喝杯酒，我这里有上好的卤肉和烧鸡。"然后，他扭脸冲着伙计说："伙计，快给长官备酒菜。"伙计明白掌柜的意思，利索地答应了一声。

岁数大的日本兵却不买账，一推王兴发，把王兴发推了一个趔趄，手里还是不干不净地摸着。另外两个日本兵手里拿着腰刀，恶魔般地狂笑。王兴发站稳后，仍然往前凑了几步，拱着手，脸上堆着更重的笑说："长官，您放了她吧，不知道是哪家的媳妇，给她一条生路。您到我那里，吃好喝好，再给您带上晚上吃。"围观的几个男人赶紧凑着话说："就是，就是。"那个岁数大的日本兵被激怒了，松开一只手，一把抻出胯上的腰刀，向着王兴发就捅了过去，空气好像都窒息了，有的人蒙住了脸。突然，一个铁球，"唰"地从合盛永的铺子里飞出，先是"啊"的一声，然后是刀子落地的声音，最后是铁球落地的声音，一切都是瞬间发生的事情。还没等人回过闷儿，一个短衣打扮的年轻人手持一杆长枪，从人群中越出——正是"磨官"。他轻点脚步，如燕般的轻盈，噌、噌两步来到日本人面前。"磨官"身形到，枪即发，一条长枪，如银蛇，忽而进，忽而退，让日本人手忙脚乱。日本人看来人不是善茬，一推小媳妇，甩着被铁球砸痛的手，脸上狞笑着，另外两个日本人手里举着腰刀，也围过来。磨官面色凛然，他的长枪舞得银光闪闪，密不透风，一点又一点，日本人刀掉了，手甩着，嘴裂着，日本人想拿枪，枪没举起就掉在了地上，日本人想逃跑，一条长枪哪里容他，枪尖一点，腿筋已挑，"扑"地摔倒在地上。只不过几分钟的工夫，三个刚才还嚣张的鬼子已经被戳倒在地上，哼哼着。

"磨官"一枪在手，面色凛然。他看着倒地的三个日本人，说："快滚，再回来，你看。"说着，"磨官"来到合盛永铺前一张桌子前，突然用手一砍，把桌子角砍下了一块，说："这是你们的脑袋。""磨官"又用三根手指一戳，桌面被戳了三个洞，说："这是你们的眼睛。"

第二天，"磨官"不辞而别。

他给王掌柜留了一封信。王掌柜看后才知道，磨官原来是山东牟平县人，为躲避仇人来到柳村，所学枪为杨家枪，又名梨花枪。

据说，那三个日本兵后来果真没敢到柳村来。

村里的女人

亚 琴

亚琴是我大爷家的女儿。

大爷家穷，亚琴从小吃得糙，穿得破，大一点，还要帮着干地里的农活，风吹着，日晒着，雨淋着。

但亚琴却是美人的底子：皮肤白皙细腻得赛过蛋清，眉眼清秀得像画上的人。十七八岁时，嫩生生的跟一把水葱似的。

亚琴的性情好，逢有人夸她，她总爱低眉一笑。

亚琴十八岁高中毕业后进了农业社当广播员，广播站的门口就再没消停过，总有几个小伙子在那里转来转去。

亚琴的婚姻一开始就不被长辈看好。亚琴二十岁时，一个小脚老太太来到我大爷家。那天，老太太没坐稳就着急忙慌地对大爷大妈说："别让你家大丫头和张家二小子处朋友，我跟他们家街坊邻居住了几十年，那小子混，千万听我的，让大丫头赶紧和他断了。还有，别让那小子知道我来过了，如果他知道了，我后半辈子就别想过踏实了。"老太太扭着小脚来了，又扭着小脚走了。

温顺的亚琴这次却铁了心，任凭大爷的嘴皮磨破了，巴掌打了，断关系的话说了，她也坚持己见，不与对象小张子分手。她不明白，小张子对她这么好，她说一是一，说二是二，他怎么能是混蛋呢？

亚琴二十三岁那年，接了大妈的班，进了首钢。半年后，还是嫁给了那个姓张的小子。嫁到婆家后的亚琴，脾气好，人又伶俐，人前人后手里有活儿，嘴里有中听的话。她凡事很少计较，公公婆婆喜欢她，大姑子小姑子也喜欢她。那一段日子，人们见到亚琴，她的眉眼里都带着笑。

小张子却逐渐露出了他的本相。结婚不到半年，亚琴有一天肿着脸跑回了家。小张子平时人模狗样，可别喝酒，一喝了酒就撒酒疯，撒酒疯时就跟不是人一样。那次，他揪住亚琴的衣领，说："你们家人看不起我，看不起我是农民，我让你看不起，让你看不起。"小张子左右开弓，打亚琴的耳光。

亚琴傻了一样跑回家，肿着脸坐在那里。她的头发是乱的，她的眼睛是直的，让她喝水她就喝一口，让她吃饭她就吃一口。她在想大爷以前跟她说的话，想那个好心的老太太说的话，她突然又想到小张子的蛮横劲，她心里哆嗦了一下。她隐隐感觉到她的婚姻中是存在着大麻烦的，她有点恐惧。大爷大妈看到她的样子，默默在一旁叹气。

亚琴还是回了家。但亚琴的心像被狗咬下一块儿，残缺了。

小张子是个提笼架鸟的主儿：养狗、养鸟、养鸽子、养鹦鹉、养蝈蝈、买古董。改革开放后，他挣了一点钱。可他挣一分能摆十分的谱。他架不住有人说："张子，你都大款了，还穿这衣服？"从此之后，小张子开始穿上千的衣服。他们说："张子，这家具可不配你。"然后，小张子把所有换了不到一年的家具都贱卖了，又买了满屋的新家具。那几年，他手拿上万块砖头一样的大哥大，开着私家车，夏天穿上千的 T 恤，冬天穿上万的裘皮大氅，天天一副老板大款的样子。

他养鸽子，一定要买纯种鸽，花了不少钱，最后纯种的鸽子没有训练出来，都让他炖着吃了。他养鸟，得先置办昂贵的鸟笼，一个鸟笼好几千。他还养画眉、养八哥，笼子上罩一块蓝布，迈着八字步到鸟市上逛。他养蛐蛐，先买好几个蛐蛐罐儿。他有一个瓷的蛐蛐罐，上面刻着竹刻着兰，玲珑秀丽，色调淡雅，一看就价格不菲。他还买仿古家具。他真的很嗨瑟。

亚琴是个过日子的人，看到小张子这么糟，很心疼。她说："张子，过日子得悠着点，有一分花半分，得存点。"不等话说完，小张子一瞪眼，说："瞧你那穷酸样，一辈子没见过钱，能挣就得会花，那才像爷们儿。"

亚琴杵在那里，她不会高嗓门嚷嚷，不会撒泼打滚。她温顺的性情，让她在这样的日子里，只有私下筹谋，省下点钱，以备万一。

后来，钱不好挣了，小张子做了几个生意都赔了。他看人家养鹦鹉挣钱，就开始养鹦鹉，别人都在抛，他还拼命进。亚琴劝他："先卖一些鸟，把本捞回来，再挣的钱就是你赚到的了。"喝了一口酒，他一撂筷子说："你懂个屁，要做就做大了。"大爷大妈也说："一只鹦鹉七八千块钱，它值那么多钱吗？万一跌了怎么办？"这时喝得眼睛都红了的他，嘴里拌着蒜说："还得涨，还得涨。"结果，这顿酒喝了没到两个星期，鹦鹉的价格一落千丈。他一下子赔了十几万。

看着家境像坐了过山车一样迅速地跌至谷底。小张子以喝酒、摔东西、埋怨老天、骂骂咧咧的方式发泄着。亚琴呢？亚琴沉默得像块石头，低头干活儿。她早已从心底看不起这个男人了。

小张子把家底折腾得快空了时，亚琴从首钢内退了，拿回了几万块内退钱。亚琴说："张子，这是咱们最后几万块钱，好好收着，咱们好歹也得给儿子留点钱。"

小张子却决定养狗。他租了一大块地，很大一块，一年租金要不少钱。他进了几条不好不坏的狗，纯的好狗他买不起，不好的狗他看不上。他做出的架子很大。然而跟以往的生意一样，几条狗接连死了，有一条狗下了崽儿，好几条，只卖出了一条。不到一年时间，亚琴的几万块钱折腾没了。小张子却和没事人一样。

亚琴思谋了一段时间，租了一间门脸房开始卖羊肉。亚琴真是一个能干的人啊！亚琴的能干是从小训练出来的。别看亚琴人长得小巧玲珑，但她身上有男人的力气。小时帮大妈干活儿，背筐草最后练得一甩胳膊就背起来。后来进了工厂，开天车，干和男人一样的活儿，也干得让人没得挑。没有剔过羊肉的人，一天要剔一只羊。亚琴伶俐，几天就学会了。后来亚琴用刀剔羊，游刃有余。亚琴将羊挂在铁钩上，唰、唰、唰，一会儿工夫，一只羊腿是腿，肉是肉，排骨是排骨。肉呢，除了精肉，亚琴还要卷羊肉卷，十几斤的羊肉卷，亚琴每天要卷几卷。亚琴要绞肉馅儿，每天要绞一大盘。亚琴还要切羊肉片，一袋一袋装好放到冰柜里。亚琴卖羊肉的案子永远是干干净净的，切羊肉的机子永远是干干净净的，卖羊肉的那间小铺也永远是干干净净的。这么多的活儿，亚琴嘴里即使和人说着话，手里也麻利儿地干着，一个早晨的工夫就干好了。我妈有一次跟我说："就亚琴那点活儿，要让你干，给你一天时间你都干不完。"这话，我真的相信。亚琴除了卖羊肉，每天还要收拾屋子。进亚琴的家，什么时候都让人感觉是洁净无尘的。亚琴那时每天还要熬一大锅狗食，提到她自己的家里去喂狗。小张子把那几只小狗崽带回了家，他只会逗狗、遛狗。喂食、洗澡、清理狗舍、带狗打针吃药，全是亚琴在做。亚琴对狗真好，我经常看她像对待孩子一样对待那些小狗。

村里的人都心疼亚琴，数落小张子的不是，每次说到这儿，亚琴会避开话题，说到别的事情上去。

但奇怪的是，经历了这么多，亚琴却仍然很美，没有一点邋遢样。

小张子照样胡吃海喝。羊肉是现成的。他的小桌子就支在了羊肉摊的一边。冬天，他跟几个人吃涮羊肉，没肉了，就从冰柜里拿。夏天有一次亚琴真急了。

那天，亚琴正为第二天进肉的钱发愁。小张子约了两个人在家吃饭，他从冰柜里一手拿了一袋羊肉，一手拿了一袋百叶，旁若无人地往里屋走。一旁的亚琴压抑了多年的火像火山一样瞬间喷发出来。她抓起钩羊肉的钩子一下子甩过去，钩子一下子钩住了小张子的胳膊，钩下了一块肉，血喷涌而出。小张子当时就愣住了。亚琴站在那里，眼珠一动不动，冷冷地看着小张子。

小张子看着眼前怒目而视的亚琴，第一次什么话都没敢说。

亚琴卖羊肉的第三年，一天晚上，小张子嘴斜了，流着哈喇子，第二天就动不了了。医院诊断，脑梗，再加上长期喝酒，好多器官都衰竭，他恐怕后半辈子都要瘫在床上了。

很多人替亚琴高兴。街坊邻居们就说："看他那些年对你的劲儿，你该治治他。"亚琴呢？一笑，将瘫在床上的小张子收拾得利利落落。

我有一天到亚琴家看到她正给小张子喂水：新榨的苹果水。

小张子是真老了，都脱了人相了，话说不出来，只会"啊啊"地叫，躺在床上，也不会翻身。亚琴坐在床边，一勺一勺地喂。从亚琴的脸上，什么也看不出，只有温柔的平静，像经历了风雨后的海面一样。

春　芳

春芳是小张子的姐姐。春芳最后又做了我们刘家大院的媳妇。春芳嫁的人，是我一个没出五服的二哥，我叫他猴子哥，大院里的人都叫他猴子。

春芳丑，打小就丑。她脸黑。眼睛、鼻子、嘴、脸型，长成一个倒三角，耸着脸一笑，让人无端地能想到一只老鼠。

春芳很小的时候，也想像邻家的小姑娘一样，和周围的大妈大婶们亲近，但没有人愿意抱她，愿意亲昵她。从小到大，她一直想捕捉到一个爱的目光，但从没有，就是一个怜惜的目光都没有。

　　长大后的春芳，性情就有点阴。爱做背地里的事，爱说背地里的话，窸窸嗦嗦的，总不是那么正大光明。

　　春芳先相中了猴子。猴子认识春芳的哥哥，到她家喝酒，春芳一眼就相中了。她一看到猴子，就跟没有骨头一样了，嗲嗲的，贱贱的。她跑到猴子家，给猴子洗衣服，给猴子做饭。有一个晚上，她给猴子做了几个菜，倒了酒，猴子醉了，第二天看着枕头旁边的春芳，就有些说不清道不明。猴子无奈地娶了春芳。

　　春芳春风满面地嫁到了猴子家。春芳发挥了她的"特长"，一嫁进门，就让婆家硝烟不断。大院院深人众，春芳就爱串门。春芳跟人说话，爱凑在人跟前，凑到不能再凑为止，盯住你，先笑，两肩耸起，她本就瘦，两肩一耸起，就有一种支棱的姿态。整张脸也往上耸，耸成一个倒三角。

　　猴子的大嫂，自小就父母双亡。大嫂右额头上有一块醒目的黑斑，人不漂亮，但很端方，孝敬公婆，敬重四方邻里。

　　春芳嫁过来不久，一种传闻就如长了脚的风，传开了，传到大嫂的耳朵里：她脸上那块黑斑方人，先方父母，再方婆家人。大嫂能猜出谁起的谣，但从小无父无母的大嫂，生性大气，她没纠缠这个传闻，不久，单位分房，大嫂一家就搬走了。

　　猴子的妈，我的大奶奶，很爽利的一个人。大奶奶第一次见春芳就感觉这不是一只好鸟，所以，一直没给过春芳好气。春芳回娘家，就凑到她妈妈的耳根边窸窸碎碎地说，说婆婆怎么看不起娘家这边，春芳的妈自然不乐意听。两个老太太在街上再碰面时，春芳的妈，半仰着头，眼睛看着天说："我们家春芳，从小那是皇帝的女儿，宠大的，受不得气。她上面三个哥哥，哪个也敢替她挡刀子。"然后，一甩脖子，扭着胖屁股走了。猴子的妈站在那里，半天没回过闷儿。等到回过闷来时，一拍巴掌："哎哟喂，这不冤死个人吗？这上哪儿说理去呀？"哪儿说理？老太太一路走一路说理。把受到的那点气，荤的、素的，加上其他调料，一小锅一小锅地烹调出来，一盘子一盘子地端给了村里七大婶八大姑。

两个老太太，后来成了死对头。

春芳和猴子的院墙外面，有一个小院子，里面住着一户外来户，一家四口，一儿一女。春芳有事没事就站在院子里，叉着腰，耸着眉毛，破口大骂，骂人家上小学的女儿是娼妇，骂人家的小子是狗娘养的。那户人家最后卖房搬走了。

春芳成了大院很多妯娌避开的人。春芳自己却一点不在意。

春芳却特别稀罕猴子哥。猴子长得很帅气，在首钢上班，但三天打鱼，两天晒网。

猴子爱鸟，经常进山。村子周边的山他了如指掌。猴子最爱往门头沟的山里走，越走越深，探险一样，总能发现点新鲜东西。他进山就为沾鸟，但经常顺带手地带回点新鲜东西：野蘑菇、野果子，甚至野兔子。他进山的工具先是一辆自行车，后来变成了一辆破摩托车。他有一双高帮雨靴，他进山时爱穿着。他们家四间房子后面有一个小院，小院里有几棵不粗的树。他在小院里调一种黄黄的胶，调到稠得中间不断为止。他在两棵树中间拉根绳，中间挂着捕鸟的网。他说他逮鸟有时粘，有时用网兜。他有好几杆捕鸟用的杆，杆把都磨得极光滑了。我小的时候，鸟还多，尤其深山里。猴子进山一天，总能粘很多鸟回来。有特别好看的鸟，羽毛特漂亮，尾羽特长。特别漂亮的鸟他就自己留着养，要不转手卖了。一些灰不溜秋的鸟他就吃了。他吃鸟的方法有几种，烤着吃，炸着吃，烧着吃。他在院子里自斟自饮，听到前头屋里儿子的哭声也不动，听到春芳呵斥儿子的声音也不动。

春芳经常身前身后地在猴子跟前转悠，脸上挂着一丝谄媚的笑。她凑到猴子的身边，耸肩、耸脸、笑，还没等她说话，调胶的猴子，看都不看她，吼着说："有话快说，有屁快放。"

春芳带着比哭还要难看的笑，讪讪地走开了。

猴子心情好的时候，会给春芳一个好脸。春芳这时就喜得不知如何是好。她带着媚笑凑过去，耸肩、耸脸，猴子一看就倒了胃口，大喝一声："你能好好乐吗？"一甩胳膊走了。

受了冷落的春芳，对着猴子的背影，仰着头，恨恨地，嘴里诅咒着。挑事一直是她的强项，她眼睛转了几转，回了娘家。

春芳看到了正在喝酒的二哥，挤出眼泪上前说："二哥，猴子打我。"二哥抬起醉醺醺的一张脸，眯着眼睛说："猴子，是猴子那小子吗？敢打你，姥姥，我找他去。"

二哥晃晃悠悠站起来。春芳说："对，找他去。他还骂咱爸咱妈。"

春芳气势汹汹地跟在晃晃悠悠的二哥后面。

到了春芳家院外。二哥一下子抄起一块板砖，迷迷瞪瞪地喊："猴子，你出来，你给我出来！敢欺负我妹妹，我揍不死你！猴子，你给我出来！"

二哥在外面叫嚣得厉害。

不明白怎么回事的猴子开门走出来，二哥一板砖就扔了过去，恰恰就那么准，正好扔在脑袋上，猴子当时就躺下了。一旁的春芳傻眼了。

猴子成了植物人。二哥进了监狱。一家人都恨春芳，恨得要死。

为了给猴子治病，春芳开始拉黑出租挣钱。春芳每天早五点出去拉活儿，那时警察还没有上班。她中午随便买一份盒饭，下午继续拉活儿，一直到晚上九十点钟。她和一帮老爷们抢活儿，钱不是好挣的。我有一次从地铁出来，看到她站在地铁口，出来一班地铁，她就一次一次堆着笑说："先生，坐车吗？大姐，坐车吗？"她的脸更黑了，笑的时候，耸肩、耸脸，让人无端地会想到一只老鼠。

但不知为什么，我却不心疼她。

秀 芬

秀芬是山里人，从小生活贫苦。皮肤黝黑的她，拥有一个瘦高的身材，平常的穿衣打扮也不修边幅，说话大嗓门，走路"蹚蹚"的，不像个女人。

秀芬的丈夫——大张子，出名的楞。据说他小时候在院子里玩蚂蚁时，由于怎么都挡不住蚂蚁的穿行，一着急，一把抓住几只蚂蚁就塞进了嘴里，自此之后，他脑袋就不灵光了。

改革开放初，赚钱的渠道空前多。秀芬和大张子家无余财，又没正式工作，所以他们决定要放开胆子大干一番。于是，他们俩看上了倒铁的买卖，尽管知道倒铁违法，但还是没有经受住金钱的诱惑。就这样，他们的交易全在晚上，多是后半夜。他们每天守在院子里，等着拉铁的车的到来，一车接一车，买卖火极了。秀芬像个男人一样，卸铁、上秤、下秤，丝毫不懈怠。那全是大铁疙瘩，没力气是做不了这些的。

走一车，就是一沓子钞票。秀芬什么时候见过这么多钱啊？她跟做梦似的。

但很快，派出所听到了风声，一天晚上，突然过去查抄。大张子和秀芬慌慌张张地将家里的钱装到两个大麻袋里，鼓鼓囊囊的，全是百元钞，藏到了亲戚家，躲过了警察。

警察是躲过去了，他们家用麻袋装钱的消息也传出去了。几个人有事没事就开始和大张子亲近。今天请他喝顿酒，明天送点小礼物，后天摆张桌子撮一把麻将，让大张子赢得高高兴兴。果然，大张子不久后就迷上了赌博。

可想而知，这明显是一个圈套，脑袋本不灵光的大张子被几个人耍得团团转。一开始他还赢点钱，后来全是输，果不其然，大张子越输越多，陷入了死循环。

眼见钱流水似的进来，又流水似的出去，爱钱的秀芬很是心疼。小时候，她母亲颤颤地一层一层打开手绢，拿出一角钱、两角钱的情景让她永远忘不了。挣了钱后的她，就爱数钱，越数心里越踏实。

秀芬不能容忍她的钱这么被人拿走。那天晚上，她把钱一沓一沓地码好，用橡皮筋捆上，再一沓一沓放在盒子里，放到她认为妥帖的地方。她不相信银行，但现在她更要防的是大张子。

找不到钱的大张子急得团团转，就差没流鼻涕眼泪了。但大

张子不敢跟秀芬强要。别看大张子是男的，但他五短身材，瘦干
巴，要打架，还真打不过秀琴。于是大张子狗急跳墙，想了一个办
法——秀芬藏钱的时候，他捅窗户眼偷看。别说，还真让大张子看
到两处藏钱的地方。

一个月后，秀芬才发现丢了钱。那天晚上，他们两口子打得
不可开交，好不热闹。从屋里打到院里，从院里打到街上，两人的
力气也是不相上下，长时间的打斗使两人筋疲力尽，大张子的愣劲
儿也窜了上来，忽地咬住了秀芬的膀子，恶狠狠的，就是不撒嘴。
没有办法的秀芬，一把薅住大张子的领子，一个巴掌扇过去，恶狠
狠地说："去你妈的。"

那时候还没流行保险柜，这场打斗后，秀芬偷着买回好几个
箱子，都是硬材料的，还带着密码锁。秀芬把钱放在箱子里，给每
个箱子设了密码。这之后，秀芬美滋滋的，提着的心也好像上了一
把锁。

谁想大张子更绝，趁不注意，直接抱一个箱子溜出去，暗自
为自己叫好："花钱还找不到开锁的？"

整整将近两年的时间，大张子和秀芬的日子就这样循环往复：
藏钱、偷钱、赌钱、打架。

倒铁的营生，在几年后被彻底整治了。大张子和秀芬没了赚
钱门道。大张子身边的人也渐渐疏远了他，在外面买了房买了车。

受到重创的大张子安分了，爱躲在屋里，喝点小酒，听秀芬
不住嘴地骂。秀芬骂完后，自己一个人在屋里生气。生完气开始盘
算。她把剩下的钱铺在床上，一沓一沓地数，她想，钱怎么才能守

住呢？最后她想了一个办法——盖房子。秀芬用剩下的钱张罗着在原来的宅基地上盖了房。是一个二层小楼，每层五间，他们夫妻住两间，剩下八间出租，一间每月四百，一月三千二百块钱。

　　秀芬开始像看待眼珠子一样看着她那几间房。她收房租时，差一天都不行。出租房里没安分电表分水表，每月收房客固定的水钱和电钱。秀芬就怕房客多用她的水多用她的电，夏天一听到空调声就坐立不安，一听到水管子里哗哗的水声就不自在。她在过道里走来走去，大声咳嗽，提醒着人家，搞得那几个房客都怕她。每月五号是她收房租的日子，她盼五号像盼过年。她攥着手里那沓钱能攥出水来。

　　她不停地说："钱毛啊，不够花啊，就指这点钱了，以后得养老啊。"大张子现在是一点都不敢嘚瑟了。五短的身材，干干瘦瘦，每天出来进去连点声息都没有。

　　突然有一天，小道消息传出，村里要占地了，但真假人们却不确定。秀芬却跟打了鸡血一样，一下子有了精神头。

　　街上谁一提占地她就兴奋，认识不认识的就跟人聊，一小时两小时，一点不累。聊是修公路要过村里还是修铁路要过村里；聊一平方米给多少钱；聊怎么算面积；聊街面房要是有营业执照就多给钱；聊院子要是盖上顶就按屋子算；聊当钉子户能多给多少钱；聊大张子家上下两层十几间房，算下来，得上千万……

　　越聊越好像跟真的一样，直至后来秀芬就好像真的拿到上千万一样。

　　大张子家真是街面房。而接下来，秀芬开始想办法办了一张卖肉的执照，然后秀芬开始动工，把仅剩了一条的院子盖上了顶，上面又接了两层。家里没钱，就去借，亲戚朋友找了个遍，反正必须要盖上。最后，终于盖起来了。房子看着就不结实，她也不在乎，反正也不住人。就等一占地一过来量就扒了。

秀芬有时间就站到村头，打量着小道消息里提到的那条公路什么时修。

秀芬对大张子开始有了点好气。秀芬对房客也不再那么锱铢必较了，那点钱，跟要到手的上千万比，简直小菜一碟。

秀芬开始打听哪有新的楼盘。她想好了，一给了钱，先买十套楼房。房契攥在手里，大张子想赌也没用。

秀芬一边热热闹闹地忙乎，占地的消息却慢慢没了音信。

半年过去了，一年又过去了。小道消息里提到的公路拐一个弯从另一个村过去了。

冷清下来的村庄让秀芬有点无所适从。

秀芬的心里空落落的。胸口有一块地方空得难受，难受得想塞进一块东西，堵实了才舒服。她在屋里来回走不行，坐下来还不行。她用手按住胸口那块地方，紧紧地按，紧紧地按，还空。她坐下来，双腿蜷在胸前，顶住胸口，深深地顶住，还空。她突然觉得屋里太静，她想喊一声，她突然觉得嗓子眼有一块棉絮一样的东西晃悠悠地飘过来，堵住了，堵得她只发出嘶哑的一个"啊"字。她恍惚听到街上有人说话，她踮着脚走出屋，打开院门，脑袋伸出去看看，街上空空的，只有街灯发出昏黄的灯光，她又踮着脚走回来。过一会儿，她仿佛终于弄明白她心里空落落的原因了，是钱，对，是钱，她买执照盖房子，借了不少钱，她许了别人一大笔利息。她还不上，债主要上门了。她想起那些用麻袋装钱的日子，没了。想起那算计好的一千万，没了。她突然觉得空落落的心一点点被堵住了，堵得她难受，她要发泄出来，她突然发出一声嚎叫，一声嘹亮而悠长的嚎叫，在村庄的夜空里回荡。

　　第二天，人们发现，秀芬疯了。

小 舅

一

　　小舅三岁那年得过一场大病，大到什么程度呢？用迷信的话讲，就是多半个身子已经进了鬼门关。小舅病好后，姥姥就尤其地宝贝小舅，人前人后地拢着，好像只有把小舅夹在自己的胳肢窝下才放心。

　　小舅人老实，脾气好，像一团面，别人怎么捏怎么是。

　　初中毕业后，小舅没上高中，直接就进了农业社。那时，村里有很多小青年看不上农业社的活儿，嫌累还嫌丢人。小舅不这么想，他穿着姥姥给他的一身蓝色工作服，一双劳保大皮鞋，背着柳条编的筐，到地里，和很多中年妇女一块锄地、种菜、拔草、收菜。那些中年妇女有时和他开玩笑打岔玩，小舅总是红着脸笑着，想不出一句调侃的话应付。小白菜、小毛桃什么的熟了后，小舅会给我们送来。他到我们家，见到我妈，总是笑着叫声"大姐"，就把东西放下，然后就不知道说什么好了。他跟我这个小屁孩说话都有些紧张，我能看到他的鼻尖上慢慢沁出的汗，脸一会儿就红，搞得我跟他说话时都不自在。

小舅后来娶了舅妈。舅妈来自比我们村儿更偏远的一个村儿。成家后的小舅，成了舅妈手里的一团面，舅妈怎么捏怎么是。舅妈说今晚吃饼，小舅嘿嘿两声，"随你"。舅妈说大立柜不能摆这儿要摆那儿，小舅嘿嘿两声，"随你"。舅妈要砍院里的树做椽子，小舅嘿嘿两声，"随你"。舅妈要把一个大院改成前后两个院，姥姥住后院，他们两口子住前院，小舅嘿嘿两声，"随你"。舅妈盯上了社办托儿所，小舅说："本村的姑奶奶都进不去，你一个外来户，甭想。"舅妈不听。小舅嘿嘿两声，"随你"。

然而，舅妈真是一个能折腾的人啊！也不知道她采取了什么外交政策，反正没多久，舅妈就进托儿所当保育员了。穿着白大褂，带着一群小孩玩，比在地里太阳晒、雨水淋滋润多了。工作两年后，舅妈又盯上了队企业。那段时间，她今天晚上手里拎点东西出去一趟，明天晚上手里拎点东西出去一趟，每次都是神神秘秘的，没出一个月，舅妈就当真进了队企业。她给一个实权人物写稿，办事，很得力。几年后，实权人物调到大队当了书记，舅妈顺理成章地也跟到了大队，当了大队干部。舅妈作为大队干部，经常出去考察、学习，见识可谓广矣。她认识人也多，批个条子办个本，对她来说不难。

二

舅妈却也有弄不转小舅的时候。什么时候？有关姥姥的时候。他们结婚不到一个月，舅妈和姥姥拌了一次嘴。小舅涨红着脸，一个字一个字蹦着说："我和我妈一头。你记住，我和我妈一头。"

舅妈不信。什么是夫妻？一床被子盖两个身子，能有二心？那颗心早晚能拽过来。她第二次跟姥姥不痛快时，坐在床上，披头散发，红肿着眼睛，不吃不喝。小舅走进屋里，舅妈抽抽搭搭，委屈得像个柔弱的小媳妇，捂住脸的手偷偷张开一道缝，想看看小舅的反应。小舅看都不看她，搬着被子出屋上姥姥那院去了。舅妈双手捶着床，又哭又骂，"蹭"地蹿到院里，双手叉腰，一副天不怕、地不怕的样子，像她小时候看到的山里婆娘打架那样。然而，后院始终静悄悄的，堵得舅妈只能到我妈这里哭诉。

不记得是哪位名人说过一句话：婚姻，是两个女人对一个男人的争夺。这句话，有些在理儿。小舅这个人，舅妈虽说没特别放在眼里，但是，每每和姥姥的目光一相遇，舅妈总好像能从中读出点胜利的味道，这一点弄得舅妈心里很不舒服。说实话，舅妈一进这个家，看到一个面团一样的男人，一个不刁的婆婆，几个不爱言语的大姑姐，心就放下了。这个家，一结婚，舅妈就开始当家，说一不二。舅妈一直用所有的心思去对付外面的人和事。与姥姥两次交锋失败后，舅妈也稍稍腾出点心思开始琢磨小舅，琢磨姥姥。琢磨的结果是，舅妈转变了策略，变着花样地开始对姥姥好。舅妈这个人，动点心思，说出的话，办出的事，就让人感觉特别舒服，舅妈因此有了好儿媳的名声。姥姥有时背地里跟我妈抱怨舅妈点什么，我妈反而会替舅妈说话，让姥姥少点事。

但好景不长，舅妈跟姥姥发生了第三次冲突，是因为老姨的事。老姨是舅妈的小姑子，自小受宠，当姑娘时就和嫁进门的舅妈不对脾气，结婚后有时回娘家还要和舅妈发生冲突。舅妈和姥姥翻了牌："有她没我，有我没她。"姥姥心里当然偏着老闺女。舅妈又和小舅翻了牌："有她们没我，有我没她们，咱们和妈分家。"小舅这个面团一样的人，被搅和在女人们的乱事中，不知道如何解决。逼急了，只会到我妈这里坐会儿。他低着头，时不时地揪几下头发，再时不时喘几声粗气。舅妈回了娘家，小舅带着礼物去接舅妈，结结巴巴地说了好多好话。舅妈说："咱们和妈分家。"小舅愣怔了一会儿，红肿着眼睛坚定地说："我和我妈一头，你非得要分家，那就你一头，我和我妈一头。"舅妈后来有一次说，那天，她从小舅坚定的目光中，看到了石头一样坚硬的东西。

　　舅妈后来终于想开了，随小舅去吧。她又开始把大把的心思放在外面了。

<h1 style="text-align:center">三</h1>

　　姥姥八十岁后，行动开始不灵便。小舅跟舅妈商量，要从前院搬到后院，陪姥姥一起住。舅妈那时早已对婆媳关系大彻大悟了，说："随你。"小舅就从前院搬到了后院，在姥姥的大床旁边，搭了一张小床。每天一回家，就进到姥姥这屋，陪着姥姥。这一陪，就是十三年，直到姥姥九十三岁去世。

　　小舅陪姥姥的这十三年，我感觉舅妈像在守活寡。这些年，舅妈在外面的事情，顺风顺水，官当得不错，钱挣得不少，在外面还买了楼房，三室，装修得极舒适。我去过一次，家具上档次，水晶灯很豪华。但偌大的房子，只有舅妈一个人，小舅要陪姥姥，表妹住宿舍。晚上，灯影将舅妈的影子一会儿拉长，一会儿聚成一团，屋里就显得空空荡荡、冷冷清清的。我问舅妈："我小舅这么做，你有怨言吗？"舅妈说："燕子，我有时就想，你小舅对你姥姥这么好，等我老了的时候，我有个病，有个灾，他对我能差吗？你小舅这么孝，老天会照顾他的。"我看着舅妈，觉得她真的想通了。

乌鸦反哺，羊羔跪乳。小舅把一个"孝"字，演绎到了极致。小舅每天给姥姥梳头，要梳一百下，差一下都不行。他不知道从哪里听说了"檀木匠"这个品牌，专门托人到檀木匠的店里买了一把桃木梳子。小舅每天给姥姥洗脸，洗完脸后，不忘给姥姥抹上蛤蜊油。小舅每天给姥姥洗脚，洗完脚后，要抹凡士林，要脚趾、脚背、脚腕一下一下地揉，直揉到姥姥的脚通红了。

小舅喜欢给姥姥晾晒她睡觉时铺的盖的被子褥子，他说，晒后的被子褥子暄和。小舅喜欢让姥姥穿纯棉的衣服。小舅每天推着姥姥逛街。姥姥想去哪里，小舅就推她到哪里。姥姥坐在车上，红光满面，头发一丝不乱。路上，遇到认识的人总要说句话，四十多岁的小舅，还是那么腼腆，有时还会脸红。

姥姥的心思，小舅一猜一准。姥姥哪天想吃周家包子铺的包子了，想吃胡同李家的羊杂了，想喝点小米粥了，想吃韭菜虾皮的饺子了……小舅总能适时地递过去。小舅递过去时，能看到姥姥干瘪着嘴，像小孩似的乐。

小舅和姥姥总有那么多的话。小舅在别人面前很不善说，在姥姥面前却那么自在。姥姥被小舅伺候着，一直精神头十足，九十多岁的皮肤，还那么细腻。姥姥一直没糊涂，明白着呢。有时还玩两圈牌，赢多少钱，一分也不能少给她。

姥姥去世的时候，九十三岁，自然冥归。那晚，姥姥好像有预感，紧紧拉着小舅的手，一直拉着，直到睡着也没松开。

五十多岁的小舅在丧礼上，手足无措，想号啕大哭，又不好意思，只是不断擦着红肿的眼睛，站在一旁忍着。好像，他从来没有伺候姥姥那么多年；好像，他从来不是功臣。其实，早几年，他的孝子行为就已经传遍全村。村里人说，麻峪村如果有一个孝子，那就是后地冯家的了。后地冯家的，指的就是小舅。

四

小舅又成了一团面，脾气好得只会嘿嘿笑。

小舅被村委会推荐到了区里参加"和谐社会、感动京城"人物评选。区里让他现身讲讲自己的事迹，他推辞不过，只得前往。讲话时，面对数百观众，他一路磕磕绊绊，脸红红的。但讲完后，会场先是一阵沉寂，随后，爆发出一阵热烈的掌声。小舅连连摆手，红着脸跑下台。

下面，再次爆发出掌声。

小 杰

一

小杰，是大院里的男孩儿。

小杰家住的是正院里的正房，一共三间。飞檐凌翘，犹有余势，但那脱漆掉皮的木窗木门已朽败了，让人一看就知道这是没落的一户人家。如果有机会走进屋，那土炕木桌、坏了嘴的茶吊子，就更加印证了自己的想法。

小杰幼年丧父，跟着母亲生活。他的母亲是我的大奶奶。大奶奶眉粗脸黑，腰身也粗，说话高门大嗓，看起来像男人错投了胎。小杰上有一哥一姐。哥哥叫大力，五大三粗，一说话一脸憨相。姐姐叫秀儿，长得随大奶奶，怎么看也不像个女孩儿。但小杰却长得一表人才、五官精致、帅气逼人，笑的时候，还有点媚气。他身材也好，属宽肩细腰型。更甚的是他的手，这双手"指若削葱根"，手指修长、肤色白嫩，柔若无骨，令姑娘都羡慕不已。

小杰的那个家，就像矮蓬蓬沾满土的一蓬草，小杰，就像从里面俏灵灵伸出的一枝花。大奶奶、大力、秀儿，一年到头，就像三头老黄牛，粗衣敝服，淋风栉雨。

为了维持生计，三人做过不少工作：晚上在油灯下拆棉丝，眼睛被油灯熏着；一下下拆小锯条，拆一大包，也挣不了几个钱；到农业社收过的地里刨白薯、刨花生、找小玉米头，太阳晒得脸都褪了皮；得闲的时候，三人就到山上割荆条子回家编筐，稍不注意，荆条就会割破手，以至大力和秀儿的手满是伤痕；秋天的时候还打草，卖给生产队……

小杰呢？大奶奶说，小杰胎里弱，干不了活儿。那小杰做什么呢？小杰学习、画画儿，画毛笔画的那种画儿。小杰住着他们家最好的那间房，那扇精美的雕花门，虽已旧了，但擦拭得很干净。布的帘子已经陈旧，但洗得很干净。小杰是个爱干净的人。小杰的兜里永远都装着一块手绢，洗得干干净净的，叠得四四方方的。小杰的手，每天都要仔细地涂上蛤蜊油。

小杰学习很上心。大院里的男孩子疯跑疯闹，玩各种游戏，但小杰是不做的。小杰看书、做题、背文章，时间都花在了学习上，很少出屋。就是出屋，也是低着眼睛，谁也不看，做完事扭身就进屋。小杰从一年级起，在学习上就有一种势不可当的气势，年年考第一。

小杰画的画儿，是水淋淋的丹青，据说画得很好。但小杰从没有让别人看过。

大院里的大妈大婶当着面夸小杰，小杰只是安静地一笑，叫声大妈或叫声大婶，然后再一笑，便又扭身回屋。

小杰就是这样一个孩子，话少、安静，和所有人都礼貌，但又仿佛跟所有人都隔着一层。

小杰每天要喝一碗奶。大奶奶专门养了一只羊，每天给小杰挤一碗羊奶。那只羊就拴在一棵杨树下，总是啃着树下的草或树干上斜伸出的小树叶子。小杰每天还要喝药，是中药。小杰家的炉子上每天都有一个药锅在咕嘟着，从里面飘出好闻的草木香。

总能看见大奶奶端着一碗奶，站在布帘子外，"杰子杰子"地叫着，或者端着一碗药，站在布帘子外，"杰子杰子"地叫着。

小杰的身上总飘着药香和奶香。

小杰的身上还总飘着一种书卷气和丹青味儿。

小杰十四岁时上了初中。小杰初中的三年里，大力招工去了工厂，后来跟一个憨厚女人结了婚，搬出了院子。秀儿找了一个清洁工，也嫁出去了。

二

小杰高中毕业后回到了村里。那是九十年代，改革开放的春风吹遍了村村落落，也惠及到了我们村儿。有钱的人家如雨后春笋般多了起来。赚钱的门路有好几种：卖河沙、倒铁、搞运输、开小厂、开小卖部等等。

小杰，搞了一个对象，是村里首富人家的闺女。小杰的对象叫雯儿。小杰和雯儿站在一起真是一对可人，堪称天造地设，珠联璧合。

但雯儿的父亲可不这样看。雯儿的父亲姓冯，村里人都叫他大老冯。大老冯也是从苦日子里熬过来的。他可以说是一个真正的男子汉，能屈能伸。当年，经济一搞活，大老冯就第一个闯进了改革开放的春风——开沙石厂，卖永定河的泥沙，钱赚得很快。很快，就成了村里的首富。

大老冯只有雯儿一个闺女，很宠她。雯儿的小脸一绷，大老冯就跟魂儿没了一样。而对雯儿未来的夫婿，大老冯早就有自己的考虑。俗话说：打虎亲兄弟，上阵父子兵。大老冯没儿子，生意场上单打独斗，总感觉孤零零的少双手臂。大老冯就想通过雯儿，找到这双手臂。大老冯早就看好了一个人——村支书的儿子，大家都叫他"衙内"。而且，衙内也一直属意雯儿。所以，除了雯儿，两家大人是早已把对方当亲家看了。

因此，对突然杀出的小杰，大老冯是坚决要 pass 掉的。

大老冯对小杰下了"封杀"令，明确地跟雯儿说不同意。

正是春天，月上柳梢头，人约黄昏后。小杰和雯儿来到村头的大柳树下。小杰说："雯儿，现在有成人高考了，我要自学企业管理，你等我两年，你爸的厂子要发展，总有一天会需要一个懂管理的人的。"

小杰眸子沉稳。雯儿点了点头。自此，小杰和雯儿的关系就转到了地下。

家里，大老冯和雯儿提起衙内，雯儿是不温不火。衙内来找雯儿，雯儿是不冷不热。大老冯和衙内，有点看不懂雯儿。

这期间，还发生了两件事：一是衙内仗着他爹的势力，欺行霸市，把一个外地生意人打了；一是衙内嫖娼时竟然跟对方起了纠纷。消息传得满街满巷都是，大老冯听得心里直摇头。

时光荏苒，两年后，又一个春天的晚上，月亮很好，小杰和雯儿又来到了村头的大柳树下。

小杰的眸子温柔而沉稳。他说:"雯儿,我已经拿下了企业管理的文凭,接着我想学法律专业。我担心你们家的厂子在管理上可能有漏洞,你回家这样问问你爸爸。"说着,小杰便把嘴凑到雯儿耳边,随后,雯儿点点头。

晚上,雯儿问:"爸,咱家厂子有自己的规章制度吗?"大老冯摇头。雯儿说:"那哪行。家有家法,厂有厂规。爸,回头我给你定一套厂规吧。"几天后,雯儿果然拿出一套厂规厂制。打印得工工整整,一条一条的,很像样。大老冯把厂规厂制拿到工厂,照着治理,果然见效。

晚上,雯儿又问:"爸,咱家厂子的收支账目您清楚吗?"大老冯摇头。雯儿说:"那哪行。您不懂,如果会计给您做瞎账,挨了坑您都不知道,回头把咱家厂子的账目让我看看。"大老冯心里一动。

大老冯第二天把工厂的账目本拿给了雯儿看。雯儿拿走了一天,第二天拿回来,说:"爸,咱家的账目有点不清晰,您看这里,您再看这里……"雯儿一个问题一个问题地说给大老冯听,说得头头是道。第二天,大老冯把这些问题又一个一个摆给会计,说得会计脸红一块白一块的。大老冯觉得,这个会计不敢再跟他要心计了。

近些天的异常表现,让大老冯觉得雯儿有问题,就问了雯儿原因。雯儿一一招认。

那个晚上,大老冯失眠了,一个小杰,一个衙内,大老冯比较来比较去,整整比较了一宿。大老冯第二天跟雯儿说:"晚上把小杰叫来，我跟他谈谈。"

三

　　小杰和雯儿结婚时，已是二十一世纪了。小杰已经拿下了法律文凭。几年的自学，小杰长了知识，长了见识，对中国现阶段的这种小作坊式的工厂的经营、改进、出路，也有了自己的一套想法。

　　他的思维更缜密了，他的目光中透着笃定。他原有的文弱之气已经被一种叫"沉稳睿智"的气质代替了。

　　大老冯看在眼里，心里就有了主意。

　　小杰开始代管理工厂。小杰跟大老冯建议多做公益事业。大老冯同意了。于是给村小学捐书，慰问养老院的老人。修公路、捐助贫困山区的儿童……不管是村里的还是区里的甚至是市里的活动，大老冯和小杰都以工厂的名义积极参与。这样做的结果是，厂子渐渐在区里有了名气，甚至在市里有了名气，区领导知道了这个厂，市报还报道了这个厂。

　　厂子有了名气后，一直心有隐忧的大老冯从心里开始认可小杰这个女婿。

　　小杰又跟大老冯建议工厂转行。小杰说："绿色环保，有一天肯定会提到重中之重的位置，治理永定河是早晚的事儿，咱们应该顺应形势，改河道挖沙为扮靓永定河河堤。"大老冯也是个有见识的人，想想就同意了。

　　于是，包河堤的荒地、种树、开苗圃、育农作物秧苗。方圆一眼望不到边的河堤荒地，种下的绿色树苗一天天长高，渐渐成为一道绿色的屏障。春天挡住了风沙，夏天荫凉了一方土地，秋天树叶姹紫嫣红，冬天白雪皑皑，千树万树成琼花琼树。这里，成了永定河的一道风景。林地当中，小杰请人设计曲曲折折的林间小道，中间点缀着花圃、苗圃，以及游人歇脚的长凳。人气渐渐旺了，两边村子的人，晚上就爱在这里聚齐。

人气旺了，就火了，口口相传，引来了记者采访、报道。区电视台邀请大老冯去做专访。回来后，大老冯看女婿的眼神都不一样了。

时光接着又往后推进，永定河的治理工程果然提到了领导的议程上来。挖沙被禁止了。而大老冯和小杰呢？凭着前面的工作、业绩，很顺利地拿到了治理永定河的承包工程，他们汇入浩浩荡荡的治理永定河的劳动大军中。

今天的永定河，千里河道，碧水盈盈。万里河堤，景色如画。

小杰站在河堤之上，眸子炯炯。他又在想什么样的发展之路呢？谁也不知道。

四

大院里，那正院里的三间正房，已经被小杰修葺一新。飞檐凌翘彩绘雕甍，家道中兴了，大奶奶的嘴一天到晚合不拢。

其实，家道中兴，起因是人才的中兴。人才的兴起，才是富强的根本。于家如此，于国也如此。

李 姐

一

我曾经在一所农村小学工作了五年。农村小学的校舍早先是一个地主的大院：前院、正院、后院、偏院、跨院，院子套着院子，古老的槐树，一棵又一棵，浓荫遮着浓荫，走进去容易迷路。

我刚去的时候教二年级，教室在正院的南屋。正院的北屋是大会议室，东屋有一间是校长室，校长室对着的一小间西屋就是食堂。

管食堂的是李姐。李姐一米七的个儿，有点胖，但身材匀称，眉眼也算可人，尤其是她的皮肤，白皙细腻，一点不像四十多岁的人。李姐的工作很清闲，给带饭的老师热热饭，给定饭的老师准备一盆饭一个菜，一天的工作就结束了。说实话，李姐炒菜，小炒能炒出大锅熬的感觉。

我在南屋上课，经常听到李姐的大嗓门。她常拿着一把韭菜或一把豆角，晃到校长室的门口，倚着门框，说："哎，我说老赵啊（我们校长姓赵）……"

学校几个中年女老师拿她开涮，她也不知道是听出来还是没听出来，也跟着笑得前仰后合。但能看出，李姐对我们几个年轻的老师还是挺实心眼的。领导研究我转正的问题时，李姐不管不顾地推门进去说："这丫头老实，一大早就给孩子听写，我在窗根下天天能听见。"李姐那里总有一些好吃的东西：瓜子、花生、薯干、米花糕，没人时，她的嘴不闲着，我们去食堂时，她会拿出一些跟我们一起分享。冬天的时候，她偷偷地向我们招手，我们就知道有好事了，果不其然，她从炉膛里拿出几块烤好的白薯给我们。然后，我们一边津津有味地吃着白薯，一边和她调侃。

在我们这些人看来，李姐还是很有福气的。李姐的婆婆是一个心思缜密的人，不言不语，儿媳妇在家里咋咋呼呼的，不干家务不管儿子，经常去各家打牌、闲聊，老太太不但没有什么怨言，还默默承担全部。老太太好像要讨好她似的，给她买金戒指、金耳环、金项链，以及各种零食。就冲这一点，学校的老师都对李姐羡慕得不得了。李姐的爱人是个工人，工作稳定，收入不错，但据说是夫妻那方面的事不行，李姐对此颇有怨言。李姐没心没肺，这方面的事从不知遮掩着点，不遂她的心，她就四处抱怨，总让人感觉她已是急蹿蹿的没处败火的样子。李姐的儿子很懂事，行事风格随了他奶奶，母子俩出去，母亲有点不着调的时候，儿子就不动声色地遮掩过去。他们住在工厂分的一个独立的小院里，冬天有暖气，夏天有煤气，院子里还种着几杆竹子，日子过得还不错。

二

我歇完产假回学校的时候，学校有好几个"新闻"，其中一个就是关于李姐的。

话说我们学校的分校有一个门房，门房住着一个姓王的老头儿，门房的门总关着，王老头出出进进的，总阴着脸，很少跟我们说话。王老头有个儿子，小名叫猴子，半年前从监狱出来后就来学校投奔王老头来了。猴子瘦、黑、不高、看人时眼珠左转右转，给人一种狡猾的感觉，我们对他印象都不好。

令人没有想到的是，王猴子和李姐在一起了，以一种迅雷不及掩耳的速度。据其他老师讲，王猴子好像一下子就摸到了李姐的软肋。我们学校的旁边是永定河，王猴子就经常到永定河里给李姐摸泥鳅，摸到泥鳅就在食堂给李姐做泥鳅吃。还去永定河旁边的树林子里给李姐捉知了、炸知了。有次还摸来一只野兔子，剥皮剔骨地给李姐做了红烧兔肉。李姐那一阵子没少过嘴瘾。又据说，李姐不但解了嘴馋，好像那方面的馋也解了。这种事还真不是其他老师猜出来的，实在是李姐自己扭扭捏捏、欲说还羞、话里话外地把那层意思捅破了，好多老师就都明白了。

李姐很快就不回家了，晚上跟王猴子黏一起。那段时间，李姐滋润得好像一个饱满的水蜜桃，一掐一汪甜水。学校领导有所耳闻后，找李姐谈话，都知道李姐的个性，就一点一点、剥丝抽茧地给她讲道理。学校的几个老师，也背地里劝李姐，李姐当面不说什么，但接下来几天，不管是找李姐谈话的领导还是好心要劝李姐的老师，都遭到了一些小小的报复。大家心知肚明，就再也没有人找李姐谈话了。

我回学校的时候，李姐已经离了婚。

三

我很快离开了那所小学。

再见李姐，已是一年以后。她在我妈妈家对面租了一间房，我看见她时，她正坐在租住的院子里择菜。看到我，她热乎地招呼我坐下聊天。

我不知道她是不是和王猴子租住在这里，也不知道他们是不是结了婚，也不好问，就没有问。

她还是那么爱说，而且无遮无拦。她说："你姐夫，哎，就是那个人，你知道吧，我们结婚了。"

我"啊"了一声，不知道要不要祝福她。

"他上班了？"我问。

"他哪儿上过班啊，出去玩牌了。现在我们俩花我一个人的工资，再租房，真紧巴。"

我看到她露出的脖颈上有一道痕，脖子上也没了那条很粗的金项链了，就问她原因。她犹豫了一下，说："前天，他输了钱，想扳回来，家里没钱，就把项链抢走了。"她说这话的时候，脸上很平静，手里择着菜，好像也不觉得这是件很大的事。

我觉得这样的日子很不靠谱：没房，那个人不上班，还赌博，还打她。就大着胆子问了一句:"你后悔吗?"

她没听懂似的看着我:"后悔?为什么后悔?他对我挺好的,给我炖泥鳅,炸知了,那天不知道谁给他点儿炸蚂蚁,他舍不得吃,带回来让我吃,撒点儿盐,还真好吃。"她低下头,掩饰似的赶紧择菜,不再说什么。

我看到了她脖子上的伤痕,看到她有些凌乱的头发,仍然为她的后半生发愁,就跟她告辞了。

四

十年之后,我们几个曾经在那所小学共过事的老师一起聚了聚,我们都经历了一些沧桑,然而我们还都算幸福。

那次聚会上,最令我们唏嘘不已的是李姐后来的日子。

我们都是吃过李姐白薯的人,平心而论,李姐是一个善良的人,我们希望李姐幸福。但是,聚会之后,有两个画面经常交织着出现在我的脑海里,那两个画面不是我虚幻出来的,也不是聚会上讲述的人杜撰出来的,而是实实在在发生的事情,是李姐后来实实在在的生活:李姐战战兢兢地积攒着手里没有被发现的每一分钱,终于凑够了500元后,心里擂着鼓一样来到她曾经生活过的那个小院,那个有几竿竹子的小院。小院里的三个人平静地接待了她,就在去年,她的儿子争气地考上了大学,李姐好像突然想到自己是个母亲似的,突然发疯了一样想要补偿儿子。小院里的三个人客气地看着眼前这个脸上有伤、胳膊上有伤的女人,也接受了她的500元钱,那是儿子的决定。而后，他们客气地将她送出门，毕竟，她早已不是他们中的一个；李姐坐在永定河的堤岸上，看远山残阳如血，染红了对面的那一片树林。她的后面是一排小平房，她们现在租住着其中的一间。她的第二个男人正在屋里和一个年轻的女人苟合，他从来不避讳她做这种事情。他现在对李姐只有一句话："你记着，我永远不会放了你，我还得用你的退休金给我养老呢。"

窦师傅和他的菜园

　　小区的后面有一座小山，山很小，说是小土包更合适。

　　小山上种着槐、松、柳，还有一些荆条矮木。小区里，有一条小路直通小山。夏天，小区里的人爱到小山上溜达锻炼。山顶上浓荫蔽日，又凉爽，又幽静，有时人们还能看到些平日见不到的小动物。

　　小山的背面，少有人去。杂草丛生，荆棘遍地。

　　窦师傅今年六十多岁，退了休，整天红光满面，身体倍儿棒。他总感觉自己身上有劲儿没处使，既钓鱼，又养鸟，但这些事做起来就是一碟小菜，不解劲儿。

　　有天，窦师傅在小山顶溜达，不知不觉中，就走到了山的背面。他放眼看去，乱木杂草，土坷碎石，了无趣味。但其间虫鸣鸟吟，很是安静。坡路也不陡，有几处还很平坦。

　　窦师傅突然间有了个小想法。

　　第二天，窦师傅身着工作服，手戴白手套，脚穿绿胶鞋，手里拎着锹，肩上背着筐，上了山。途中碰见了提着鸟笼遛弯儿的老李。老李大嗓门地问："老窦，做什么去，这全副武装的？"窦师傅也是中气十足地回答："开地，后山开片地。""啥？你说啥？""我说去开地。"老李没听明白，愣怔在那里，窦师傅也不解释，继续斗志昂扬地往前走。

没错，窦师傅要在后山开片地。

来到后山后，窦师傅知道眼前是一场硬仗，但他不怕，他虽没干过农活儿，但工厂的力气活儿可是干了多半辈子。

窦师傅首先选择地方。他转了很长时间，相中了一块平缓且背风朝阳的空地。空地边上，是几棵野桃树。往下看，一条小路逶迤通到山下，山下正是一条人工河，河里水虽不多，但浇地还是绰绰有余。

山坡上开地，谈何容易？

虽是春天，但春寒料峭，泥土软了，天还没软，背阴处，一阵风过，还是浸入骨头似的冷。窦师傅拔草、清理土坷、锄地、捡石头。石头很多，有很多碎石，也有大石头，露出地面一点儿，一挖才知道很大，挖一会儿，推一下，不动，继续挖，再推一下，感觉松动了，一点一点挪出来，再推到地头，地上剩下一个或大或小的坑。事不做不知道难。满地的草也要清除，窦师傅戴的是线手套，有的草带着刺儿，刺儿能扎透手套，扎在手上，虽说窦师傅手掌厚，手上有很多茧子，但清除一小片后，摘下手套一看，手上已经有好些浅伤口了。

尽管背阴处很冷，干了一阵子后，窦师傅那汗就开始没完没了地流了下来。

就这样，第一天他一直干到上午十一点才回家，老伴儿调侃着说："种地的回来了，感觉如何呀？"窦师傅已没有了精力调侃，只回了一句："饭熟了吗？我饿了。"

这以后，窦师傅开始跟上班一样，每天定时定点，早晨出发，在地里忙到中午就回家吃饭，休个午觉，下午三点再上山，干到五点回家。

一天又一天，地开得有点模样了，100 平方米左右大小。秽草清理干净了，石头坷垃没了。这期间，地旁边的几棵山桃花已经开了又谢了，长出小桃了。

山上的土不厚，窦师傅要给他的地蓄土。土哪里找啊？这里不是农村，但凡有点儿地，都让水泥、方砖盖上了，总不能去花坛、草坪里挖去吧。窦师傅骑着车开始去周围几个残余下来的农村转悠。终究是农村，土地还是比较多的，窦师傅一筐一筐地把土带回来，背上山。直到他认为土厚得能让一颗颗种子充分地发芽生根了，他才停止了背土。

但不幸的是，土还太薄，没营养。窦师傅又开始骑着他那辆二八车到农村转悠，看到有牛粪、马粪就跟见到宝贝一样，用筐背回来，背到山上，倒到地里。

他说："一个女人要生孩子，还得吃好的喝好的呢。要让地里生好庄稼，你不喂饱它，能行吗？"一幅行家里手的样子。

那些日子，他几乎满身尘土、还时不时散发着汗渍、马粪味儿。每次回家，老伴儿都捂着鼻子，让他把衣服脱到外面，然后马上洗澡。

窦师傅不置可否，说："哼，等我种出菜来，你就不觉得脏了。"

秋天，地开出来了。他觉得可以种东西了。他从一个要拆迁的农业社讨来几棵枣树,种在了地的一角。枣树的叶子墨绿墨绿的,很有生气。

窦师傅看着他的菜园,以及那几棵枣树,满意地坐在大石头上。他把那些清出的大石头圈在了地边。此时的他点燃一根烟,惬意地抽着,劳作之后的喜悦,让他感觉周身通泰,这是不劳动的人永远体会不到的感觉。

就在窦师傅的期盼与守护中,冬天来了。这个冬天下了两场大雪,不知道为什么,窦师傅的心里没来由地高兴,后来他想了想,他知道为什么高兴了,那些雪水可以滋养他的小菜园。

第二年一开春,窦师傅就开始种菜了。他把他的地做了很科学的规划:左边种韭菜,右边种小白菜,中间搭黄瓜架、豆角架,周围种玉米。他在另一个角种了几棵香椿树,香椿也是讨来的,树不高,长出的香椿很嫩。

种子埋下后,窦师傅几天一浇水,心里痒痒的,像小苗一样盼着春风,盼着春雨。

韭菜长出来时,细细的,一根一根冲着天,远看,毛茸茸的一片绿。这韭菜,是小菜园最先长出来的,窦师傅细心割了第一茬韭菜,不多,只捆了几捆,给相熟的邻居送去。"老李,尝尝,自己地里种的韭菜。"还没等老李说话,老李的老伴儿蹿了出来,嚷嚷着:"是韭菜味儿,是韭菜味儿,太稀罕了,老窦,谢谢啦,你看看你这韭菜,再看看现在买的韭菜,哪儿有韭菜味啊,这韭菜我得好好包顿饺子。"

窦师傅也给自己家留了一捆韭菜,老伴儿晚上也包了饺子,饺子很香，窦师傅一家三口吃得津津有味。

第二天，窦师傅准时要到他的地里去，一出楼门，就看到老李正等在那里："我媳妇说了，让我上山去给你帮帮忙，也抻抻筋骨。"老李笑着，往常提笼子的手今天拿了把小铁耙子。老李很瘦，细脸细眉细腰，说话都蔫蔫的。

窦师傅仍然中气十足地说："跟我上山，行，论理你也该锻炼锻炼了，每天就遛遛鸟能锻炼什么呀。"

以后，老李十天有九天跟着窦师傅上山，侍候菜，挑水，锄地。闲下来，老哥俩就一起聊聊天。

再后来，又陆续有老黄、老刘跟着窦师傅上了山。他们在窦师傅的地旁边，又开出了几小片地。老黄、老刘、老李都是农村出来的，干过农活儿，会整饬地。地开出来了，旁边的荆棘枣棵，杂草烂叶，烧的烧，砍的砍，野花美草加意呵护，几片地周围，很快让几个老哥们修得也像模像样了。

老哥几个还在地旁边修了简易的石桌石椅，干农活儿累了，下盘棋，喝口茶，日子美滋滋的。后来，一些退休的大妈也开始到后山，种点葱、蒜、花，甚至还把家里不好养的绿植搬过去。后山每天都叽叽喳喳的，好不热闹。

现在后山可不是以往的后山了：几条通幽小道以及道两旁的树、野花、野草构成了偏僻处的一景。

第三年，窦师傅他们在地里还种了倭瓜、西红柿、茄子。夏天，窦师傅他们的菜园，红红绿绿，十分惹眼，真是一派生机盎然。

第四年，又是开春，窦师傅他们计划着，要搭起两排竹架子，中间用铁丝相连，种上葫芦、丝瓜、紫藤。那样春夏的时候，绿茵一片，这后山就成避暑胜地了。

夏天，葫芦、丝瓜、紫藤的藤都长出来了，它们攀竿绕架，绿叶浓密，很快搭起了一大片荫凉。

大家还修了一条小路，供附近的人来散步。他们还规划，将这个地方开辟成一个生态园，绿化城市！

婷婷的爱情

二十一岁的婷婷经常梳着马尾辫，身材高挑，丹凤眼，唇不点而红，皮肤细腻，白里透红。她安静地坐着时，就有一种出水芙蓉般的气质。

婷婷毕业后，去了区法院工作。区法院里有个小伙子，名校毕业，家在山东农村，叫海洋。海洋与人闲坐时，拘谨，讷言，爱搓双手。他第一次见婷婷时，感觉心忽悠一下子提了起来，脸瞬间有些潮红。婷婷分到了海洋那个科室，做海洋的副手。海洋在业务上是一顶一的好手，工作时的海洋与闲时判若两人：笃定、自如、言辞精准而快捷。婷婷跟着海洋，工作起来也不含糊，很努力，加班、出差、毒日酷暑也各处跑，奇怪的是，她的皮肤仍然像鸡蛋清一样洁白细腻。

婷婷参加工作的第二年，参加了一个聚会，认识了昊天。昊天家住北京城墙脚下，是老北京人，三环以里有一座祖传的宅院。昊天的父母在非洲经商很多年了，家庭比较富裕，所以，昊天是标准的富二代。

昊天三十多岁了，阅花无数，眼花了，心还没定。看到婷婷，眼一亮，心一惊，心瞬间稳了。

昊天的追求是小心翼翼的：送花，名目妥帖；接送，有礼有节；赶上刮风、下雨、暑热、严寒的天气，婷婷一出单位门，昊天的豪车就早已停在门口了。婷婷生日时，昊天在自己豪华的别墅里为婷婷举办了庆生派对，搞得很浪漫但不显奢华。昊天有足够的时间和金钱，也有足够的经验，他把追求的过程演绎得彬彬有礼，绅士味儿十足。

婷婷呢？对昊天的追求，不多言不少道，不主动也不冷淡，分寸的拿捏，让昊天第一次觉得追女人心里没底。越是这样，昊天越像是打了鸡血般，婷婷的魅力在他眼中如一枝清新的荷，洗涤着他以往纸醉金迷的混沌。

婷婷家不显贵，但也不同于一般市井家庭。她的姥爷是某军区的师级干部，退休后，待遇优渥。婷婷的父亲家也有几门硬亲戚。婷婷算是见过世面的女孩儿。婷婷跟着姥爷长大，姥爷教育她：不许浪费粮食，吃饭时要把每一个米粒吃干净；要能吃苦，豪华大宴吃得，小桌小馆也要吃得；要坚强，遇到了困难不要退缩，要勇敢面对。在这样环境下长大的婷婷，是一个在任何情况下都不会迷乱的人。面对昊天的追求，她有自己的思考：昊天的家世也许让他葳蕤丰茂得像一棵树，但她绝不能做缠绕他的一根茑萝。

跟婷婷交往一年后，昊天拜访了婷婷的姥爷和父母，那天，昊天表现得完美无瑕。

春节时，昊天的父母回国过节，婷婷也顺其自然地见到了昊天的父母。昊天的母亲体态丰腴，身上珠环玉绕。她毫不掩饰自己挑剔的目光。在她看来，眼前这个目光安静，来自普通家庭的女孩儿，目的不纯。昊天看到了母亲的不善，很自然地站在婷婷边上，揽着婷婷的肩膀，给婷婷打气。那一瞬间，昊天的细腻、体贴、有主见，感动了婷婷。但婷婷一直疑虑的是，当纷扰来袭时，昊天能否做他坚强的臂膀。

过了春节，昊天的父母要回到非洲。离开前，化着精致妆容的母亲跟昊天说："小门小户的人家，不适合。"昊天不为所动。

春走了，夏来了，婷婷对昊天的迟疑被软化得无影无踪，两个人把每一天都调剂得意深情浓。

婷婷被爱情滋润着，工作时，难抑的幸福有时让她像一只欢快的小雀鸟。海洋的心在刺痛。白天面对婷婷，他要收藏自己的心思。晚上，婷婷的身影就像擦不去的痕，才下眉头，又上心头。但海洋清楚自己的家庭条件，觉得现在的自己还配不上婷婷。所以他把所有的业余时间都用来学习了，他要过更高一级的司法考试，他相信自己可以创造他的未来。

昊天和婷婷把结婚的事宜提上了议程。

昊天要给婷婷一个王子公主般的婚礼：城堡、花童、蔚蓝的海水、洁白的沙滩、游艇、晚宴……而婷婷呢？并不反感这些浪漫唯美的情调，毕竟是小姑娘嘛。

可事与愿违，昊天的母亲在他们结婚前打来了电话。她跟昊天交了底：她已经答应了合作伙伴的女儿做她的儿媳妇，这样有利于他们家族的企业发展，可以打败同行之间的竞争。最后母亲的通牒是：再不出国，将冻结他的银行卡。

第二天上午，昊天的银行卡果然提不出钱来了。母亲最后的通牒浮现在他的脑海里，他仿佛看到母亲咬牙说狠话的狰厉样子。他知道，母亲一直是女强人，谁挡她的生意，她恨不得让谁去死。

第二天晚上，西餐厅里，婷婷看到了昊天的失魂落魄、六神无主。

婷婷说："其实，我们可以不靠家长的。"

婷婷说："你的银行卡冻结了，我还有钱。还有我们家。"

昊天唉声叹气，一杯酒接一杯酒灌下去，目光充血，如一只没了骨头的爬虫。对面的婷婷，目光一点点黯淡。她很奇怪，没了母亲的钱，这个曾经风流倜傥、踌躇自信的男人怎么成了一团泄了气的皮球。

第二天，昊天的手机关机了。

距离婚礼请柬上的日期不到十天，昊天发来短信："已到南非，并与别人缔结了婚约，祝你幸福！"

婷婷椎心泣血。她拉海洋出来喝酒。酒喝多了，她絮絮叨叨地说，满脸是泪。海洋很心疼，突然抓住婷婷的手说："婷婷，你能把这个机会给我吗？"婷婷在迷离恍惚中，看到了一双炽烈的目光，那目光中饱含着无限的爱意。

婚礼如期举行。仪式简朴，没有梦幻般的城堡、没有托婚纱的花童、没有蔚蓝的海水……新娘穿着洁白的婚纱，簪起的头发上别着花环，像一株出水的白莲花。新郎脸上挂着淳朴的笑，高大的身躯，微微侧向新娘，那般相宜，像一柄碧绿荷叶，擎在白莲花的上面。

中秋之痛

中秋的一轮明月，金盘一样，挂在天空。融融的月色下，平原像笼上了一层薄纱。白杨像平原的卫士，有的三棵、两棵，有的连成一片，暗绿的树冠在月色下黑成一团影子。庄稼地里，收过玉米后的玉米秆横七竖八躺倒在土地上，还有几秆零星地矗立着。白薯刨过了，芝麻摘过了，谷子割过了，只有花生地还是绿油油地铺着。河沟四通八达，河水在月光下泛着银光。

今天的平原，寂静得有些异常。月光穿门入户，每一扇窗里，都应该有一幅团圆的美景吧！

六岁的辉却不知觉。他蹲在一条河沟旁，手里拿着一根小棍，一下下拨拉着沟边的土。那些土是湿的，有的被拨拉到他脚面上，辉抖抖脚，把土抖到一边，有的被扒拉到河沟里，溅起水声，惊起一只青蛙，呱呱地叫着，跳到了河沟边的草丛里。辉穿着白天的短衫短裤，风一过，有些凉。辉站起来，月光下的影子显得孤苦伶仃。辉抬起头四下看看，月光下的大平原显得柔美安详，不时有鸟类的叫声掠过，那叫声让辉害怕。

能回家了吗？辉回头看，舅舅家的小院在不远处的几棵白杨树下面。辉扔掉手中的小棍，又四下看看，抬起腿，往那个小院走去。

刚刚，天一擦黑，舅妈跟他说："辉，你出去玩会儿，我和你弟弟妹妹说几句话。"说着，连推带哄地将辉推出了门。"也不知道说完没完？"辉想。一阵风吹过，辉打了个寒战，他走得很慢，月光下的影子很单薄，伶仃得仿佛让天上的月亮都生出了怜爱之心，不忍再看，扯一片云挡在了自己的眼前。平原暗了下来。

两个月前，辉被母亲送到舅舅家。辉的家在山里的矿区，辉的父亲去世，母亲无力再照顾这个最小的孩子，将他送到舅舅这里。那天，母亲将生活费给了舅妈，又嘱咐了辉很多话，含着泪走了。住了两个月，辉就想家了。辉有些怕舅妈，舅妈看着他没有笑模样，吃饭的时候，辉感觉舅妈的目光像钉子一样。舅舅对他很好，总摸着他的头冲他笑，嘴里叼着烟袋，脸上的褶子一道又一道。

舅舅家的小院不大，辉推了院门，走进院子，屋门关着，露出一条缝，透出昏黄的光。辉走到屋门前，透过那条缝，看到了舅妈、表弟、表妹，每人手里拿着一块月饼，正吃着。辉又看到舅舅，独自坐在凳子上，哈着腰抽着旱烟。舅妈抹了抹嘴儿，冲着抽旱烟的舅舅说："你还不吃？"舅舅闷头闷语地说："把我那块留着给辉吃吧！""留什么？你没看三个孩子还没吃够吗？"六岁的辉看见屋里的情景，一股火一下子窜上来，使劲一推门，冲了进去，面对一屋子惊愕的目光，辉的小胳膊挥动着，眼睛里像喷出火一样地看着舅妈，吼着说："我恨你们！恨你们！"然后扭头跑出门，跑到了平原上……

一个月后，辉的妈妈来到舅舅家，把辉接走了。辉走的时候，只有舅舅一个人站在院门口的白杨树下，手里拿着旱烟杆，目送着辉和母亲渐行渐远的背影。

辉回家后的第一个中秋节，母亲把买来的两块月饼分成六份，其中的一份拿给辉，辉手一挡，说："我不吃。"然后出门玩去了。

辉十岁的时候，家里的条件有些好转，中秋节的月饼可以每个孩子吃一块了，辉从来不碰自己那块。

辉二十岁的时候，家里条件更好了。每年中秋，全家人聚在一起，盘子里放着各种月饼，辉仍然不吃。晚上，他一个人来到外面，看着天上金盘一样的月亮，脑海中浮现出六岁的他孤苦伶仃的身影，以及一个人在平原上奔跑的画面。中秋，成了刻在他心上的一道伤。

一年又一年，天上的月亮，盘子里的月饼，辉不看，亦不动。

辉二十五岁的时候，母亲有一天叨唠说，舅舅来信，舅妈没了。母亲看着辉，辉的眼睛却看着别处。

辉二十八岁的时候娶了妻子，第二年生了儿子。辉三十岁时的中秋晚上，月亮如往年一样圆，桌子上摆着月饼、水果，火锅冒着热气，肉片在水中翻滚。辉一边给妻子、孩子夹肉，一边抽空喝几口小酒，其乐融融的一幕中，辉突然就说起了童年中秋的那件事，滔滔不绝，如泄闸的水，一泻千里，不可阻遏。妻子和儿子呆呆地看着他，看着他说到哽咽，说到泣不成声，才住了嘴。

辉突然觉得自己不是那么恨了。

那个中秋后，辉开始想舅舅，那个摸着他的头冲他笑，脸上的褶子一道又一道的舅舅。据母亲讲，舅舅家的几个孩子都在外面打工，舅妈没了后，老家只剩舅舅一个人了。

又一个中秋，辉跟妻子说要带她去舅舅家看看。

长途跋涉后，到了记忆中的那片平原时，天已经黑了。就像二十多年前一样，平原的上空高挂着一轮明月，金盘一样。月色下的庄稼、白杨、院落，显得柔美安详。只是院落残破了许多，庄稼已不如记忆中那样丰盛。这些年，平原上的很多人都到城市打工去了，留下平原一年一年的衰老。

舅舅也衰老了，脸上的褶子数不清了，腰更塌了，只是手上还握着那杆旱烟袋。看到突然而至的辉，舅舅站起身，握住旱烟袋的手抖动着，浑浊的眼里流下了一行泪。辉上前扶住舅舅，舅舅显得真矮，辉不由得用手臂搂着舅舅的肩，舅舅笑了，辉也笑了。

外面的月亮，金盘一样高挂在天空。

魏老太太

我任职的第一所学校是新村小学，条件真的很差。

魏校长是新村小学的其中一任校长。我去的时候，她已经走了。但老教师们爱提起她，津津乐道地说她的很多事。事听多了，我的脑海里就蹦出一个老太太的形象：个头不高，满头银发，双手叉腰，目光炯炯目视前方，很像银幕上那个英姿飒爽的双枪老太婆。

以下，是我听到的一些事情。

魏校长，魏尹名，人称"魏老太太"，新村小学的其中一任校长。据说新村小学出过几任名校长，魏尹名，就是其中响当当的一个。

魏尹名和时下的一些校长有些不同。有什么不同呢？那就是，很多时候她不像个校长。

她像什么呢？她的做派有点像新中国成立前的那些老红军、老八路。和老乡亲切地唠嗑，拿一把扫帚扫院子，担起担子去挑水。

她还像什么呢？她的做派更像个家长，一个气势很盛的家长，伸着胳膊站在所有老师前面，像老鹰抓小鸡里的那个鸡妈妈。

她事无巨细地惦记学校里每一个老师的事。

她跟几个中年女老师说："淑慧的儿子结婚，咱们几个老姐妹帮她合计合计，怎么办又省钱又有面子。"

她叫老艾："我的老哥哥，我那嫂子可是个老实人，你可别没完没了地欺负人家。"

她叫小胡："周六让你媳妇准备点饭，我叫上几个男老师，把你家那个灶台再砌高点，要不做饭总得弯着腰。"

她护犊子。

上级领导下校，她把这个小年轻拉过来，再把那个小年轻拉过来，"小陈儿，数学教得棒，小伙子聪明啊。""小孔儿，音乐教得好，拉琴是一把好手。"她把尾音拉得很夸张，精亮的眼睛直逼眼前的人，直到对面的领导频频点头。

她心疼手底下那些撑家的中年老师们，家基本都在农村，每月领到手的就那几个铜板，日子过得怎么样她心里清楚。每天中午老师们聚在学校的大槐树底下吃饭，如果她饭盒里有几片肉，会给这个夹一片，给那个夹一片，她一片不吃。

她做起事来风风火火，说起话来中气十足。她不喜欢正襟危坐，不喜欢拿腔作调。

她找你有事，不会把你叫到校长室去。她会主动去找你，看你围着炉子烤火也一起围着炉子烤火，看你坐在大槐树下的台阶上也一起坐在大槐树下的台阶上，看你推滚子印卷子就接过滚子，她印你翻卷子。她要说的事，学校的、家里的，就在这种自自然然的氛围中说完了。

她跟村民的关系很好。她去老乡家谈事，蹁腿上炕拿起鞋底就纳，边纳边聊。她看到放羊的老汉，会爽快地叫："李大爹，你放了一群好羊啊！"

　　她当校长时，校内校外，一片祥和。

　　她有人情味儿。人情味这东西，是一种说不清道不明的味道，是一种让人很舒贴的味道，有这种味道的地方，人待着就舒心。

　　冯玉得了乳腺癌。魏尹名说："老姐姐，跟你说，癌这东西，甭怕，越怕越来劲，该怎么治咱怎么治，钱不够跟学校说。还有，有件事我得跟你商量，你呀，也别歇着，天天来学校，我不给你安排活儿，你每天就跟咱们这帮老姐妹们聊聊天，开开心，病也许就好了。别老在家待着，胡思乱想，倒添病。你说呢？"

　　很多事她习惯亲力亲为。

　　冬天，她会经常说："老胡（后勤主任），走，各班走走，看炉子热吗？"新村小学一直是平房，我去的时候，冬天还烧炉子。听老教师们说，那时，总能听她在院子里叫老胡，都是出去办事。"老胡，村里卖白薯，走，看看去，买一车，给食堂存点，到时能给老师们换换样。""老胡，走，村委会走一趟，年前粉刷教室和办公室，看村里能出点吗？"她和老胡关系很好，老胡有时叫她老姐姐。老胡人高马大，但她一巴掌拍在老胡肩膀上，总能让老胡一个趔趄。

　　春天，风里潮湿得有些春雨味道的时候，魏校长会戴着她的两个套袖，拿着一个葫芦做的瓢，提着桶，走进厕所。她一瓢瓢地舀粪，然后去那片种满蓝色花卉的苗圃前，一勺一勺地浇。那片蓝花被她伺候得一派妖娆。魏校长是个爱美的人啊！

　　当初，后花园只是个荒院，只有几棵树。后来，魏校长带着老师们一砖一瓦建起了后花园。据说，建后花园时，老太太干活儿不比那几个年轻小伙子含糊，一车水泥自己推起来就走。后花园里花木很多。我去学校后，记忆最深的就是那个园子。如今，我还记得有哪些花，谁先开，谁后开。

据说魏校长在全区几十位校长里，很抢眼。领导都知道她，提到她都会嘿嘿一笑，说上一句"那个老太太！嘿嘿！"，脸上是一副又无奈又欣赏的表情。

领导怎么能不满意呢？

一个农村偏远校，条件极艰苦，魏校长在的时候，却极有声威。

每年区通考，新村小学的成绩都在区里排前三。

每年的青评课，新村小学推上的年轻老师都是一等奖。

每次区教工运动会，新村小学老师的队伍，绝对是一支雄赳赳气昂昂的队伍，魏校长带领队伍，气势能压倒所有人。

魏校长从不给老师们压力，但老师们都用心工作。

魏校长在的时候，新村小学这所农村小校，却有一批中流砥柱的中年老师，每个都有绝活儿。李娜老师的作文教学在全区有名，马明老师的应用题教学课经常在全区展示。要板书，人人能写一手好粉笔字。要印卷子，人人刻钢板都是一手的正规小楷。有会吹笛子的，有会拉手风琴的，有会画画的……全是人才，却宁愿守在这所条件简陋的学校里，快快乐乐地工作。

魏校长会调理人。她调理刚毕业的年轻老师，一绝。内向的，外向的，聪明点的，木讷点的，不管什么样的老师，用不了三四年，就出师，就能成学校的主力，能成区里的教学能手。

为改变学校的办学条件，魏校长可以说是殚精竭虑了。

能自己动手干的，就发动老师自己动手：粉刷教室、整修围墙、建后花园。至于教学设备，用魏校长的话说："去要、去争、去抢。"装备站有一批淘汰下的桌椅，虽是淘汰下的，但也有八成新；教育局某科室换下几张旧的办公桌，也很新；电教馆来了几台新的投影器，新村小学一台也没有……每每这时，魏校长听说后，会手一挥："走，先去拉，拉回来我再去汇报。"魏校长带人去拉东西，是一景，威风凛凛的，很有银幕上那个双枪老太婆带手下人去打仗的势头。三轮车、自行车，甚至后面还跟辆马车，赶车的老大爷，手里握杆绑着红绳的马鞭子，坐在车上，很像个压阵的。东西被抢走了，人家当然有意见，领导们听说了，也只是一耸肩，两手一伸，笑着说："这个老魏啊！"魏尹名就用这种方式，给学校换了黑板，换了讲台桌，换了办公桌，换了课桌椅，补充了很多的教具。

后来，魏尹名要调去一所新建校当校长，老师们都要跟她走。任她苦口婆心，但还是有十几个老师死心塌地地要跟她走，那都是学校的主力啊！

魏校长与老师们走后，人们都说："新村小学没有十年，缓不上来。"

高校长

我结婚后，想离家近些工作，就调到了胜利小学。

胜利小学离新村小学只有一站地，也是区偏远校。校内有一栋教学楼，楼内设施比新村小学好些。但操场上只有中间一块地是水泥地，其余地方是土地。胜利小学给我的第一个印象是，操场很寒酸。

高原高校长是胜利小学的副校长，是魏尹名的得意弟子。高原三十几岁，个不高，但胳膊长，都说胳膊长的人有福气，眉眼也很俊朗。高原的行事风格很男性，有阳刚之气。

高原是早我半年到胜利小学当副校长的。

在我讲高原之前，要先讲讲胜利小学里的另一个人——老刘。

老刘，学校里管后勤的。虽然是后勤人员，但他在学校里也算风云人物，校长见了他也客气三分。后来听说，老刘阅历很丰富：当过农民，当过领导，做过商人，干过房地产，挣过大钱，很懂人情世故。经历大半辈子的事后，钱挣够了，房盖好了，两个女儿也都有了自己的归宿，于是想在家与老伴安享晚年，遂找到了学校的这份工作。

用老刘自己的话说，他是养老来了。

用一个特崇拜老刘的女老师的话说，学校这池子，对老刘来说，水太浅；学校里的这些人，对老刘来说，不用琢磨。

老刘，是个有故事的人。

高原，是个有见识的人。

高原和老刘志气相投。高原来学校没一个月，就和老刘聊到了一起。

高原有校长室，但很少去，总爱在后勤室待着。下班后，两人经常一起走，开着高原的白面包，也不知道是直接回家，还是喝酒去了，还是干什么去了。

总之，两人走得近。

高原信服老刘，在老刘面前不像副校长，倒像个小老弟。老刘在高原面前也不打哈哈，是实心实意的。

高原有一次说："老刘是我哥。"

老刘有一次不客气地说："小高儿，还嫩，沉不住。"

在很多事上，都感觉老刘在给高原出主意。

高原在做事上得了魏尹名的真传，干实事。两个人在老刘的后勤室里聊了半个月后，开始有了行动。

早晨，我们去上课，就总能听到楼道里传来："老刘，走。""小高儿，走。"然后俩人就出去，仍然是开着高原的白面包。有时上午回来，有时下午才回来。回来后，车里要不装着树苗，要不是花苗。有时，面包车后面还跟着大卡车，车里装着水泥、沙子、砖。

没错，两个人想要修整校园。谁也不找，就俩人干。能看得出，俩人都是干过活儿的人。干活儿时，俩人都穿着不知从哪里弄来的迷彩服与解放鞋。

两人干活儿干高兴了，有时爱跟我们聊聊天。

老刘说，农业社的活儿他都干过，他吃过苦。他在农业社是凭着干劲儿提的队长。

高原说，新村小学修后花园，他们几个小年轻都冲在前面。他让我们看他的后脚跟，一道大的伤疤。那是建亭子时，石头柱子掉下来砸的。

胜利小学的校园在不断改观。

操场重新磨了一遍。教学楼前建了两个花池，里面种了大片的月季，月季的花色很俗——浅粉，没办法，好颜色的花要钱，这是他们找关系没花钱白要的花苗。教学楼拐角处建了海棠园，里面有小亭子、碎石路、几棵海棠，春天花开花谢，是校园一景。西面的围墙改成了古意盎然的一堵墙，沿墙搭了架子，种紫藤，种葫芦，种各种瓜。

教学楼里还新建了大会议室，新建了四楼的多功能厅。

高原爱带着老师去见世面：去新建的王府井步行街，去后海划船，去听相声。他和老刘站在一边，一边抽烟，一边聊天，看着我们这些人开心地笑，开心地玩。其实他也是教学出身，还经常发表论文。他喜欢业务过硬的老师，喜欢踏实肯干、老老实实的老师。

在高原的带领下，学校各方面都越来越好。

我们教学上需要些什么，和他说，他会想方设法给找、给买。

胜利小学是偏远小学，但那几年，高原给置办的教学设备，是很先进的。有的连区中心小学都没有的，我们先有了。

五年后，高原离开了胜利小学，调到了别的地方去当领导。老刘也跟着一块走了。

而我们好像失去了一种安全感似的。

独在异乡为异客

公元716年,盛世的大唐长安在世界版图上熠熠生辉。皇城外,酒肆、店铺、客栈、民宅,热闹繁华。

悦来客栈,在一条东西大街上,几排精舍,门前几棵桂树。青年王维住在这里。

王维皮肤白皙,再加上有文艺范儿,整个人显得风姿俊逸。此时的他捻着一粒鲜红的红豆,吟着:"红豆生南国,春来发几枝,愿君多采撷,此物最相思"的诗句,顾盼神飞,惹起长安一些儿女的情思。

王维好静。长安郊外有个地方,远离官道,柳树很多,渭水在这地界分出一个岔,冲出一片河道,河道中还横亘着一座小山。河边有很多不规则的青石。王维常去,去了,就端坐在青石上,满目肃静,看看山,看看水,尤其想着这条河和家乡通着,就更觉得亲切。

王维常参加一些豪门贵胄的宴会,玉勒乘骢马,金盘脍鲤鱼,王维跻身期间,考虑更多的是自己的应举,自己的仕途。

他忘不了,十五岁那年,母亲带着他登上蒲州城外的中条山,山下,三水交汇,惊崖拍岸。母亲转头看着王维,像打量一个成年人,说:"孩子,男儿志在四方,你出去吧,不博取了功名,不要回来。"
母亲目光中始终有一种无人能及的笃定和沉静。

就在那一年春天,王维拜别家乡亲人,骑白马,佩新剑,吟着"新
丰美酒斗十千,咸阳游侠多少年。相逢意气为君饮,系马高楼垂柳
边……"的诗句,意气风发地向着洛阳、向着长安出发了。

那时候的王维没有理由不意气风发。

王维家在蒲州也是个望族,父亲家是太原王家,母亲家是博
陵崔氏。王维早慧。爷爷王胄遗传给他音乐的天分,教他作诗,母
亲教他绘画。十五岁,王维便写下《过秦王墓行》,名动乡里。

王维相信自己在长安会闯出一番名头。

但长安城给了王维当头一棒。偌大的长安城,对茕茕一身的
少年,除了冷漠就是冷漠,就连店小二都对他冷言冷语。痛时,家
的温暖就成了一副药。在撕裂般的世事磨砺中,王维拥有了一个人
必须掌握的技能。

……

走出窘境是个偶然。

那天,秋阳正好,客栈里,店主和几位应举的士子正在恭维
一个叫张九皋的年轻人,说他诗写得好,王维被冷落在一旁。他走
出客栈,一领旧衫,更显落寞。城外有一座寺院,左右无事,王维
走了进去,在一幅壁画前,他停住了脚步。正看得仔细,旁边一个
人说:"这幅壁画除了色彩鲜艳,很平常啊!"王维正看得入迷,想
都没想,接口说:"这话不对,这幅壁画,可大有妙趣!你看这些
乐工,他们正在演奏什么乐曲?正在演奏曲子的第几节第几拍?都

能看出来。""怎么可能?"王维顺着质疑声望过去,眼前一个身穿紫色襕衫,望之很有威仪的人,被很多人簇拥着。那人说:"你说说,他们演奏的是什么?"王维说:"他们演奏的是《霓裳羽衣曲》的第三节第一拍。"紫色襕衫的人手一拍,走出一队乐工,笙管笛箫,开始演奏《霓裳羽衣曲》,演奏到第三节第一拍时,大家一看乐工的手法口型,真的和图上一样。啧啧称赞声四处响起。

那个紫色襕衫之人,就是唐玄宗的弟弟,不爱权势,爱诗词歌赋,爱与文士交往的岐王。

第二天,一辆雕鞍玉勒的马车停在悦来客栈前,王维一身白衣,翩翩风采,在店主和其他人的目瞪口呆中,登上了岐王府的马车,绝尘而去。

再回到客栈,冷言冷语的店小二,阿谀谄媚地把一壶上等茶端进了王维的房间。

从此,王维成了岐王的座上客。岐王府里,今天一场宴会,明天一席歌舞。王维文思如泉,为岐王写下了《从岐王过杨氏别业应教》《从岐王夜宴卫家山池应教》《敕借岐王九成宫避暑应教》。岐王自此更加敬重王维。

牡丹惊艳,香曲绕梁,宴会上的过度奢华,总让王维想起家乡。

王维九岁时父亲去世,家里的日子就走了下坡路,母亲也因此遣散家奴。为补贴家用,母亲常坐在轩窗下一针一针地绣东西,眼睛布满血丝,脖子酸痛,也舍不得歇一会儿。

懂事的小王维也跟着母亲学,画了一幅幅的水墨画,放在家门口卖。王维的画惟妙惟肖，吸引了很多人购买。小王维有时还带着弟弟妹妹们，到城外的黄河滩涂上捉鱼，到中条山脚下砍柴。

　　家里的日子艰难，但却美好。这让王维没有一头扎进富贵场中，忘了生命的本质。他在旖旎繁华里，轻吟诗句。他也会在柳树云烟间，思念家乡。

　　长安城的日子如流水般度过。

　　这天，从关中平原掠过一缕秋风，经过渭水，吹进长安城。它轻拂了一位伶人高耸的云髻，轻点了屋瓦上一丛碧草的尾梢，然后就消逝在人声鼎沸的朱雀大街上了。

　　这缕秋风告诉王维，考试的日子快到了。长安城的学子们忙碌起来。有的关起客舍的木门，临阵磨枪。有的四处托关系，想走个捷径。王维自负才学，认定此科的解头非自己莫属，所以每天仍是闲看桂花落，静待皎月出。一天，店小二给王维送来茶水，看了王维一眼，然后神经兮兮地对王维说："王公子，现在四下都传开了，此科的解头是张九皋，听说他托了公主。您也得早做准备呀。"

　　第二天，王维来到岐王府。岐王沉吟片刻，对王维说："你将旧日诗中清越者抄录十篇，琵琶新声之怨切者可度一曲，后五日到我这里。"

　　从岐王府出来，走在朱雀大街上，王维突见街头一角的一家店铺前菊花烂漫。王维不由想到家乡蒲州的菊花。家长蒲州的秋风从来都是浩浩荡荡的，菊花漫山遍野，一片又一片。王维还想起，往年在家乡时，每到重阳这一天，母亲会带着全家登高祈福，采摘一种叫山茱萸的叶子和果实，回家后插得满庭满户都是。他已经好几年没有回家了，重阳登高祈福时，弟弟王缙会想他吗？一种情绪充斥在王维胸中，他感觉自己有很多话要说，碎步回到客栈，王维提笔在墙，笔走龙蛇，写下了："独在异乡为异客，每逢佳节倍思亲，遥知兄弟登高处，遍插茱萸少一人。"第二天，这首《九月九日忆山东兄弟》，风靡在大唐长安的街巷里，一夜游子尽望乡，长安的勾栏瓦肆间，充斥着浓浓的一种思乡情。

而王维，此时在悦来客栈的房间里，将一袭华美的服饰用香薰过，拿出琵琶，款然而坐。他要给公主准备一曲叫《郁轮袍》的乐曲……

刚 炳

　　洪武二十五年夏,雨,不大不小,如一串串散碎细珠子,滴落着,迸溅着。那雨声,无端地给夜幕平添了些许愁绪。

　　厅内,烛影幢幢,烛光摇曳。

　　刚炳,燕王手下亲随大将,面壁而立,已经良久。他魁伟的身躯被烛影拉得颀长。他在凝神沉思,早间燕王大殿的一幕幕正在他的脑海中游走。

　　今早,燕王殿内,帐幔叠叠。燕王坐在大殿正中的王座上。下面站立的是他智囊团的成员:姚广孝、袁弘、金忠、朱能、张玉,还有刚炳,被燕王称为刚铁的刚炳。

　　燕王计划又一次伐北。

　　王座上的燕王,剑眉凤目,面色凝重,眸子中隐隐能见到凛凛的寒光。下面站立的六个人,读得懂燕王此时的心情,几个人同样紧握双拳,难抑胸中愤怒。几天前,从南京传来消息:皇太子卒,帝已册立皇第三孙朱允炆为皇太孙。

　　立孙不立子。燕王壮志未酬。

　　要知道,燕王虽为第四子,但其三个兄长朱标、朱樉、朱棡已相继薨世,他现在是名副其实的长子。而且,燕王军功累累,威仪北方，应该是目前最适宜帝位的一个人选。

"太宗啊！你是错选了接班人啊！"刚炳心里默念着。在南京时，刚炳对朱允炆有些了解，温文且柔弱。可一国之帝不能是一只羊，即使这只羊温厚有礼，即使这只羊亲和有节。山河锦绣，有群狼窥伺，一只羊怎么担得起一个国家的兴盛。

刚炳的目光又回到眼前的燕王脸上。

刚炳还记得，那是洪武十三年，年轻的燕王就藩北平，刚炳是亲随的将领之一。那年的燕王二十一岁,雄姿英发。当时的北平，人烟稀少，土地荒芜，兵劫后的元大都在残阳下显出一派凋敝，蒙古草原上残余的元朝势力蠢蠢欲动，年轻的燕王面临着为国守边、羽翼王室的重任。

把燕王殿安在元大都的旧址上。修缮、整饬，交给别人吧，年轻的燕王无心在一片瓦砾上先让自己有一个富丽堂皇的家。他把他的妃、他的姬、他的钗鬟安置在重重的后殿深宫后，便一头扎进了自己的王道事业中。

燕王带着他的智囊团，飞鞭扬马，马蹄在整个管辖内的沟沟坎坎间踏过，他的山河他要整个装在心里。渴了，喝几口石罅中的清泉水，饿了，支一口锅，白水煮肉，挥霍谈笑。刚炳的目光紧紧追随着这个年轻的王，他有时很奇怪，这个在南京温山秀水中长起的男人，竟有如此彪悍的性情。

十二年中，年轻的燕王带着他的智囊团，筹谋规划。人烟稀少，好，从山西迁过人口，给耕地，免赋税。市场不景气，好，开通海运，鼓励通商……

十二年，两次北伐，数次巡边。每一次，刚炳都紧随左右。刚炳手使两柄钢叉，每柄一百二十斤，叉柄已磨得乌黑油亮。两柄叉，多年使唤，早已得心应手。战场上，说砸敌兵的脑袋，不打敌兵的屁股。他有最大号的弯弓。他的战马一身雪白，四蹄生风。那一年，他运粮草回来途中，救深陷敌兵的燕王于烂泥坑里，他又毙三员敌将，在马上凛然而坐，被燕王称为钢铁。从此，他与燕王的关系更近了一层，燕王允许他出入禁宫，恩宠无以复加。当然，这也惹得一些宵小之徒的敌意，对他的诽谤自此就没有停止过。

退守塞外的元朝势力，凶狠狡诈，虎狼之师，必以勇猛击之。燕王，如群狼之首，带着他的王师铁骑，逐猎驰骋，所向披靡，残余的元朝势力，一股一股被消灭。

刚炳还记得上一次伐北，他们活捉了元朝太尉朵儿不花，凯旋。长城脚下，芳草如茵，农田如画，人民安居乐业。燕王跃马扬鞭，指着眼前如一幅画卷般的景色说："我的子民，我要庇护他们。"王的话掷地有声，那是一个男人的担当，是一个帝王的担当。

羽翼渐成，却折翼须臾。也许燕王此时的怒火，只能通过一次战场上的嘶喊拼杀来消弭。这份怒火，他的智囊团都了解。他们，同仇敌忾。然而，此次伐北，燕王却安排刚炳守护宫禁。看着欲言又止的刚炳，燕王摆了摆手，说："你是我最得力最信任的人，你留下，我才放心去。"

大殿上，燕王意已决。

"哎！"一声深长的叹息，在暗夜中回荡。刚炳心思回到当下，外面，雨还下，厅内烛影幢幢，烛光摇曳。

守护宫禁，燕王可知，这个任务会给一些宵小之徒留下多少口实。那些宵小之徒，对燕王重用的人恨得咬牙切齿，他们希望燕王听他们的。他们经常在背地里给人下绊儿，让人防不胜防。

刚炳知道这些人，刚炳不惧怕这些人，但刚炳惧怕结果。燕王，早已"征服"了刚炳。刚炳想燕王所想，急燕王所急。在他看来，燕王后面的路还长，燕王羽翼下的河山不应该仅仅限于北平，大明江山的子民需要一个有勇有谋有胆有识的人来做他们的帝王。

守护宫禁，无非会落得秽乱后宫的诽谤。刚炳要有所准备，以防万一。刚炳要给自己寻找出路，同时给自己的出路寻找意义。

夜很深了。刚炳不能再犹豫了，明早，燕王就要带兵出征。他忽的一下抽出一把宝剑。桌上，是早已备好的止血良药。眼前，空无一人。这件事，只能是天知、地知、自己知道。刚炳眼一闭，牙一咬，挥剑斩下，血喷涌而出。

明早，谁也不会看出，出征的战鼓中，这个虚弱、脸色苍白的人，将自己男人的根放在燕王的马鞍下。

明早，谁也不会知道，一个曾经叱咤疆场的钢铁将军，为了追随一个人，将自己变成了宫禁中的男人。

雨，不大不小，如一串串散碎细珠子，滴落着，迸溅着，那雨声，无端地给夜幕平添了些许愁绪。

金刀案

公元 1456 年夏，景帝当政，英宗被尊太上皇，禁于南内已 6 年。

晨起，风微凉，京城一条南北大街上，锦衣卫指挥使卢忠穿金飞鱼服，配绣春刀，正匆匆行走。他走得很急，额头上还冒了汗。

昨晚，翠云楼二楼的一个单间，屋门紧闭。卢忠和锦衣卫副指挥使李春，像两只见不得光的老鼠，在房间内满目惊惶。面对满桌酒菜，俩人却提不起丝毫食欲。只见俩人脸凑脸小声嘀咕着，脸色也越发难看。只听李春说："占一卦，算算凶吉吧。石亨侯府有个算命先生，京城闻名，测凶吉奇准。"

南北大街的尽处，就是石亨侯府。由家丁领着，进入府内，穿廊过厦，便到了一个僻静的小院。算命先生仝寅就住在这里。

仝寅，山西安邑人。十二岁双目失明，始学占卜之术。技成之后，占祸福多奇中。曾为石亨演算，被石亨称为奇人，养在府中。

卢忠坐下来，心急如焚，但丝毫不敢造次。细看眼前的仝寅，虽中年但须发已泛白，面目清癯，双目虽盲，但又仿佛所有的精气神都聚在那双眸子上。

说了八字，抽了签，卢忠眼珠紧地盯着仝寅推算。看到仝寅摇头，卢忠的心不禁提到嗓子眼儿，沙着嗓音问："大师，怎么说？"全寅又摇了摇头，凝着脸道："这卦，主大凶，易上说，履虎尾，咥人凶，不咥人犹可，咥人则凶。"

卢忠瘫在那里。暗叹："真是自作孽不可活呀！"

事情的原委还要追溯到一个月前。那天，卢忠值夜班，约太监王瑶一起喝酒。两人平素互有往来。王瑶这个太监，性子好，总乐呵着，没有心机。那天，两人喝到面憨耳热时，王瑶突然拿出一样东西，神神秘秘地说："给你看样稀罕物。"卢忠接过来，心一颤，是一把刀，沉甸甸，金光闪闪，精致小巧，刀鞘上镶珠嵌玉，一看就不是凡物。

卢忠惊问来历。

王瑶美滋滋地炫耀道："这是太上皇赏的。"

警觉，像犬的鼻子闻到了刺激的味道，先前喝下的酒化成汗，此时卢忠清醒得像刚刚被冰水浇过了头。他重新打起十二分精神劝王瑶酒，嘴里诱敌引入般地打听起细节来。

他渐渐听出了眉目。金刀原是太上皇送给阮浪的。阮浪是英宗的近侍老太监，成祖朱棣时进的宫，为人老实，念旧，看到英宗栖栖惶惶，心里不好受，就经常没话找话地逗英宗开心。阮浪生日这天，英宗送了一把金刀给阮浪。阮浪见门下太监王瑶喜欢，又给了王瑶。

一个计划被迅速谋划出来。要说，锦衣卫是皇上肚子里的蛔虫，这话不假。卢忠跟着景帝，景帝那点心思卢忠是知道的。土木之变，景帝当政，初尝权力的滋味，最怕的就是失去权力。瓦刺将英宗送回，实际上是给景帝送回了一个麻烦，一块心病。他把英宗安置在南内，多余的殿宇都拆了，多余的人都撤了，围墙外的树都砍了。他要让南内一览无余地在他的眼前，任何人搞不得任何小伎俩。

但欲除无辞。现在，卢忠给景帝送一套说辞去，一个除掉英宗的说辞。如果这个计划成功了，景帝遂了心愿，那升官发财还不是手到擒来的事情。卢忠嘴边的笑控制不住了。

酒，终于喝到了头，王瑶趴在了桌上，推都推不醒。卢忠一把拿起金刀，看了一眼王瑶，心里说："兄弟，别怪我，谁让你给我送来这么大的富贵呢！"卢忠趁着夜色，出宫门，来到锦衣卫副指挥使李春那里。李春也是个见利忘义的人，两人一拍即合，都没过夜，就来到了景宗那里，呈上金刀。两人告太上皇与阮浪、王瑶勾结，图谋复辟，金刀便是证据。

景宗下令逮捕阮浪、王瑶，关慎刑司酷刑审问。

而卢忠和李春就静等好消息了。在他们看来，像阮浪、王瑶这样的阉人，就是半拉人，说话都是娘娘腔，身上的骨头肯定也是软的，只要用点刑，什么都得招。这边一招供，那边给英宗一定罪，这就是板上钉钉的事了。一想到这些，两人心里就美，一美，就约着到翠云楼喝酒去了。

没承想，事与愿违，阮浪、王瑶竟十分有骨气，慎刑司所有的刑具都用过了，两人被拷打得体无完肤，但从不改其口，怎么问都说是英宗送的生日礼物。那天朝廷宣卢忠上堂作证，只见阮浪和王瑶被拖到了堂上，双腿已被打折，全身血肉模糊，但仍透露出满身的忠义正气。阮浪，始终静卧着，问话者如狼似虎，但他的回答却沉稳安定，眼睛始终没有往卢忠这个告密者的脸上看一眼。王瑶的眼睛被打得只能睁开一条缝，看着卢忠，眼中透露出的蔑视，让卢忠肝胆俱颤。

自此之后，卢忠寝食难安。景帝对这件事大张声势，还惊动了皇太后、朝廷大臣，他们都站在英宗这一边。事情便成了僵局。

前两天，几个大臣从大殿出来，见到卢忠后，眼睛都冒出了火，怒气横生地指着他说："你这个奸佞小人！"然后拂袖而去。卢忠站在那里，半天没回过神来。他越想越怕，冷汗涔涔，夏天的日头晒着他，他却仿佛浸在冰水里。要知道，景帝、皇太后、大臣，但凡有一方把怒气出在他的身上，他都会吃不了兜着走。前几任锦衣卫指挥使的下场浮现在他眼前，哪一个不是刚开始都想着升官发财，最后把自己也搭了进去：毛骧，亲手炮制胡惟庸死后的牵连大案，最后把自己也牵连进去陪葬了；蒋瓛，蓝玉谋反的罪证是他通告的朱元璋，最后被朱元璋一杯毒酒搞定……卢忠不寒而栗，一想到自己没准也要步他们的后尘，后脖颈子冰凉冰凉的……

一个月来的事情，卢忠走马灯一样在脑海里过了一遍。求生的欲望让卢忠顾不得许多了，他扑通一下跪在仝寅面前。高人就在眼前，能推算出因果，肯定有破解之法，他一五一十地将诬告的实情说了出来。

仝寅的脸越来越沉，失明的双眸中仿佛要喷出怒火。阮浪、王瑶的忠义，令他这个眼盲人敬佩，卢忠、李春这两个猥琐小人，实在令人不齿。卢忠的祈求还没说出口，仝寅已愤然大怒道："无耻小人，从这里滚出去，是兆大凶，死不足赎。"

上午的南北大街上，已人来人往。穿金飞鱼服，配绣春刀的锦衣卫指挥使卢忠，惶惶然如一条丧家之犬。

第二天，人们发现，卢忠疯了。

刀笔先生

当梅玉山笔走龙蛇，为"景茂泉"写下一纸诉状后，他成了东安村家喻户晓的人物。

"景茂泉"的当家人张殿一，双手执状，眼睛眯缝着，随字游走，脸上慢慢开出了一朵颤抖的花："好啊！好啊！端得一纸好状！"字，是一笔道劲飘逸的行书，结体沉熟，骨力深蕴。上只有一句话，却一语中的，直捣黄龙："井在园中，草屋、辘轳、树亦在园中，不涉草屋，不涉辘轳，不涉树，单涉井，所为何哉？"

"景茂泉"凭这纸诉状，打赢了刘家混混的一场官司闹剧，店面门前复归往昔。

第二天，张殿一着青布大襟长衫，后面跟着提食盒的伙计，顺田间阡陌，一路打听，找到梅玉山的家。

梅玉山的小院临着永定河，独一户。三面石头围墙，两间泥瓦小屋，一扇朽木槽门。后面正是永定河拐弯的地方，水势颇有浩渺之势，阔天碧野，早春的风从水面滚过，虐着岸边几株细瘦的桃花，花枝已绽满浅白的花蕾。

迎出屋的梅玉山，一身地道的庄户人打扮：蓝色的土布薄棉袄，折腰灯笼裤。身高脸瘦，色朗气清，眉毛处一道长痕，贴着眉尾，直抵脸颊。

小东屋有一盘炕，炕上摆着一张掉漆的小炕桌。张殿一令伙计把食物摆上炕桌，没等梅玉山让，就不客气地盘腿坐在炕上。梅玉山对面而坐，两人相劝饮酒。酒，正是"景茂泉"的小烧锅。

"好酒啊！味儿醇！有劲儿！"梅玉山的话从小烧锅入题。

"老弟文采卓绝，一笔好字，如今怎落得街巷贩卖鱼虾？"张殿一的话绕过小烧锅，直抵心中疑问。

"兄长的小烧锅，名震京西。寒天雪地，拉骆驼、运煤、贩果子的伙计，怀里揣着小烧锅，就敢往前走。"梅玉山的话尾音高亢，但话题仍围着小烧锅，不离左右。

"听老弟的口音，也像山东的？"张殿一不屈不挠，一副心里疑问不解开誓不罢休的样子。

"嗯，嗯。"梅玉山再就无话。

张殿一聪明，知道一顿酒的关系到底还浅，来日方长，遂放下念头，跟着梅玉山的话题聊起了"景茂泉"的小烧锅。

当年张殿一独闯京城，怀揣家传酿酒技术，想凭借"酒"在京城立足。酿酒需好水。张殿一见京西一带山青林秀，认定必有上乘水质，四方游走后，果真就打听到东安村东安顺刘家菜园里有口好水井。张殿一借口渴讨水喝，发现水质甘冽，酿酒绝佳，第二天就托人花重金买下了刘家菜园。"景茂泉"自此一路高歌。没想十几年后的今天，刘家的孙辈出了一个混混，非说当年卖菜园可没说卖水井。不但成日寻衅滋事，还将"景茂泉"告到了县衙。

"老弟词锋就邪论邪，让混混的歪心思昭然若揭，才赢了这场官司。"

"岂敢，岂敢，是兄长生意做得实在，酒醇价实，天理公道自在人心。"

......

话，说得对脾气，酒，喝得通心扉。外面，河风渐渐吹暗了天幕，吹亮了星辰。

第二天，天未破晓，梅玉山照例很早起身，梳洗清爽，来到河边。

两年前，他离开山东曲阜，且住且行，到了东安村，已身无长物。在河边盖了两间东倒西歪的房屋，在河里放了十几个虾篓，暂且安顿下来。每天，他借着第一缕曙光，将虾篓中的鱼虾倒进一个圆口扁竹篓中，鱼虾在竹篓中欢蹦乱跳，虾篓中再放入饵，重新放入水中。至此，便完成了打鱼任务。

沾着晓雾、晨露，提着竹篓，梅玉山早早来到东安村最热闹的一条街。街上有卖粮食的"西来顺"，有自制酱和醋的"天德和"，"景茂泉"的小烧锅也在其中。

今天，梅玉山的生意格外好做。鱼虾被一抢而空。

他眉骨上的疤、他的字、他的状子，成了街巷上热议的话题。

开始有不认识的人敲他的朽木糟门，都是为打官司的事而来，但他一一拒却。锦衣长袍的，他直来直去，蔽衫褴褛的，他多少带些不忍和愧疚。时间长了，碰壁的人多了，就没人再找他了。只是都认为他是个有来历的人，所以他的鱼虾每天都是一抢而空。

梅玉山日子照旧：侍弄虾篓，卖鱼虾。"景茂泉"的张殿一不时差伙计给他送一坛上好的小烧锅，有时也来到他的小屋和他喝上两口。

梅玉山在东安村写下第二张状子时，已是来东安村第五个年头了。状子是为一个小寡妇写的，无独有偶，牵涉的还是那个刘家混混。刘家混混有个寡嫂，长得纤弱柔美，丈夫死后，与刘家混混的爹和刘家混混同住一院。一天晚上，小寡妇用颤抖的手敲开梅玉山那扇朽木糟门，进屋里后，身体还是颤抖的。随着小寡妇的叙述，以及小寡妇眼中流露出的惊恐，梅玉山仿佛看到一只洁白的小羊，瑟缩在一角，旁边两只狼，垂涎着口水，窥伺着她。梅玉山眉耸一处，眉间长痕隆起。他快速取来纸笔，笔走龙蛇，一挥而就。字，仍是一笔遒劲飘逸的行书。状子言简意赅："夫死后，翁无姑，年不老，叔无妻，年不小，欲回归娘家，全守节之事。"

小寡妇第二天走进官府，官司打赢。一天后，一辆马车将小寡妇接走了。

又过一天，梅玉山手提自己烹制的鱼虾，来到张殿一住处。酒，还是"景茂泉"的小烧锅。这一次，梅玉山直陈往事："弟，本是衙门书记官，兼为人写状子。一支笔，为无数乡里百姓赢了官司。一次，为一老农打赢官司，却结仇于富户，富户勾结军阀，是夜，杀了我的夫人和孩子，我脸上挨了一刀，所幸逃了出来。"

梅玉山的虾篓好几天没人动了，里面的鱼虾越来越多。一天，几个男人举着锄头叫嚣着来到他的小院，让他赔人，却发现里面早空了。

1937年，日本侵入中国华北。京西群山里活动着一支游击队。

游击队神出鬼没，打鬼子，贴标语。"景茂泉"手下有个伙计，运酒途中，看到岩壁上一张标语，伙计看了很久，将标语揭下来，回来拿给张殿一看。张殿一手颤抖着，看那字，分明是一笔遒劲飘逸的行书，结体沉熟，骨力深蕴。

布衣诗人

徐半羽是个诗人，是个很穷的诗人。他七岁时，父母就去世了，自此他孤苦一人，艰难度日。

徐半羽的家在小横山脚下，三间小茅屋，面朝菜籽湖。他早早学会了打鱼。每天清晨，他把小船划进菜籽湖，划到离岸很远的水域，然后一网、两网、三网……循环往复，但他不贪心，等鱼、虾够一篓后，他就收工，然后拿到集市上去卖，够一天的生计就好。

徐半羽还在小茅屋旁边开辟出了一块地，种了两畦萝卜，但他只管播种，至于萝卜的生长，他就再也没有上过心。没打到鱼的时候，徐半羽就走到萝卜地里，拔几个瘦身的萝卜，洗净，当饭吃。

除了吃饭、求生计，徐半羽剩下的时间都留给了读书。

徐半羽的父亲是个不及第的书生，给他留下最珍贵的遗物自然是"经史子集"。有时徐半羽读书读得入迷了，夜里就会枕着书睡着。唐诗宋词里，他尤其爱杜甫的诗。读得多了，他便自学成才，开始执笔写诗，依声立格与起诗来，且丝毫不敢怠慢此事。

二十多岁时，他已写了一百多首诗：

"村鸡鸣野白，山鸟出青林。"

"篱有黄花方载酒，野无红叶不成秋。"

"醒即看书倦即行，绕圩常听水田声。"

此时他的诗，已经有些唐宋名家的味道了。还没有娶妻的他可说，书就是他的妻子。他将他的小茅屋命名为"煮字斋"，以时光为火，淬砺着他的文字。

三十岁时，徐半羽要去远游。他布袍长剑，临水登山，一路仍不忘作诗。他爬上一座山峰，看到一块五彩的岩石，岩壁上写着一首诗——《雪鲤》，他喜欢得不得了。他坐在岩壁前，读着壁上的诗，心里无端地喜悦，也随口吟出了一首，其中"峰骨洗秋岚，云叶巢空鸟"飘逸灵动，很快流传开来。

远游途中，徐半羽结识了一些名士，有隐居在山林的，也有结庐在闹市的。

三年后，徐半羽回到了家乡。此时的徐半羽名气渐长，连县吏都对他有所耳闻，不惜大费周折，亲自去他的茅屋处拜见他，想一睹他的风采。可让县吏没想到的是，眼前的徐半羽粗衫敝服，瘦削的脸上几缕长髯，他怎么也没看出这个名士有什么特别的，再加上徐半羽半天不发一语，县吏不免扫兴而归。

徐半羽不以为意，每天过的仍是打鱼、种萝卜、读书、写诗的简单生活，他此时作的诗也同他的生活一样简单、直白，其中有一首关于酒的诗：

> "篓内无鱼少酒钱，酒家门前系渔船，
>
> 徘徊欲把蓑衣卖，又恐明朝是雨天。"

诗写得直白动人，连乡野农夫都会吟。

徐半羽四十岁时，清兵入关，他过江到秋浦避难。一日，秋风秋雨，徐半羽江上垂钓想要消解忧烦。忽听岸上有人吟诗：

> "一蓑一笠一孤舟，一个渔翁一钓钩。
>
> 一拍一吟又一笑，一叟独钓一江秋。"

徐半羽循声望去，见岸上一人一副江南人少有的魁伟身躯，面有英侠之气，不禁对其甚是好奇。没错，此人正是吴应其。

徐半羽和吴应其因诗结缘。

吴应其是江南名士，诗文俱佳。这次，他是要到家乡招募军队抗击清兵的。吴应其握住徐半羽的手说："兄弟，国将不国，抗击外侮，我辈不能袖手。"徐半羽点头。后秋浦十几年，徐半羽追随吴应其带着队伍在江南各地辗转。但大明还是亡国了。亡国第二年，吴应其兵败灌口，引颈遇难。吴应其墓前，徐半羽心中大恸化为绕梁诗作：

> "大业空传留血字，余生不认黯烟尘；
>
> 石城重敕将军印，瀛博谁收季子身？"

江河易主。

徐半羽凄然回到家乡。此时的他已经快六十岁了。他将小横山脚下的三间茅屋稍加修缮，屋顶上续了些茅草，门窗钉了钉，室内一桌、一椅、一榻、一琴，满室书籍，煮字为乐。

自此，他的诗中开始有了化不开的亡国恨：

　　　"春去一声低，千声花为泥；

　　　纵有亡国恨，莫向此山啼。"

　　"枯心百岁血，秃发两朝人。"

　　"索尽江南句，都成忧乱吟。"

那位曾经拜访过徐半羽的县吏此时已做了清朝的官员，为了表示自己求贤爱才，他再次来到小横山脚下。看着眼前剃发易服的县吏，徐半羽袖手闭门，不予理睬。

徐半羽七十岁时，一夜，梦见吴应萁曳杖叩门，摘梅赠诗，诗中有"愿君顿脱尘埋世，同向蓬莱学吟梅"之句。徐半羽遂在"煮字斋"旁种下了一片梅花。

八十岁时，徐半羽无疾而终。

徐半羽一生与姚亮、潘江、祝祺等交往深厚。他们都是深怀亡国之痛，不愿应征的名士。

图书在版编目（CIP）数据

遇见，旧时光 / 刘艳茹著. —北京：当代世界出
版社，2018.2
ISBN 978-7-5090-1333-5

Ⅰ.①遇… Ⅱ.①刘… Ⅲ.①中国文学—当代文学—
作品综合集 Ⅳ.①I217.2

中国版本图书馆CIP数据核字（2018）第013100号

书　　　名：遇见，旧时光
出版发行：当代世界出版社
地　　　址：北京市复兴路4号（100860）
网　　　址：http://www.worldpress.org.cn
编务电话：（010）83908456
发行电话：（010）83908409
　　　　　（010）83908455
　　　　　（010）83908377
　　　　　（010）83908423（邮购）
　　　　　（010）83908410（传真）
经　　　销：全国新华书店
印　　　刷：北京盛彩捷印刷有限公司
开　　　本：880毫米×1230毫米　1/32
印　　　张：8
字　　　数：171千字
版　　　次：2018年3月第1版
印　　　次：2018年3月第1次
书　　　号：ISBN 978-7-5090-1333-5
定　　　价：39.80元